生活美學16

閒話愛情

——說愛十九帖

殷登國　著

從古今中外纏綿悱惻的
愛情故事解析愛情的本質

目錄

天地有情——自序

殷登國

今天早上，在後院的電線上，看到一隻紅腹畫眉，口中叼著一隻肥肥的蚯蚓，左顧右盼，佇足良久。

牠始終叼著那隻蚯蚓，終於讓我明白，原來牠在等牠的情人呢。

過了兩個多小時，我回到窗前，卻看到那隻痴情的畫眉仍舊停留在電線上，蚯蚓也仍舊叼在牠口中。

天開始下雨了，不大不小的雨，很快就把畫眉鳥淋濕了。可是，牠仍舊堅持在原處守候著，叼著爲情人準備的禮物不肯離開。

雨愈下愈大，淋雨的畫眉讓人想起了古代中國的尾生。

想。

當年，痴情的尾生在橋肚下等候他的情人時，手裡該拿著一束花吧，我

尾生真是痴情。他與女孩約好在橋下碰面——或許是一段不能曝光的苦澀的戀情吧，所以相約在閒人看不到的橋肚下；可是天忽然陰暗下來。遠處傳來隱隱的雷聲，悶熱的空氣中瀰漫著大雨的前兆，讓正欲出門的女孩猶豫了——身上杏紅的花衫給雨打濕了怎麼辦？才頭一回穿呢；偏偏家中沒傘。

正決定拚著淋濕也要赴約時，午後的暴雨突然襲來，夾著猙獰嚇人的閃電和震耳欲聾的響雷。從小怕打雷的女孩又猶豫了。是老天不讓人赴約嗎？望著千軍萬馬般的驟雨，空是在心頭焦急。

橋肚下的尾生耐心地守候著。他相信女孩一定會來，等這陣雨過後就來。老子不是說過嗎：飄風不終朝，驟雨不終日，這場大雨下不了多久的。

橋肚子下可以躲雨，可是溪水卻慢慢漲了上來。

「不打緊。」尾生心想。水淹了腿肚，把裳襬浸濕了，回去一洗一晾就好

了，離開橋肚，可全身都要打濕呢。

可是水愈漲愈高，已淹到橋柱一半的位置了。尾生只猶豫了剎那，就決定還是在橋肚下等。「萬一我走開了，她卻冒雨趕來，見不到我怎麼辦？」水又大又急，沖得人險象環生。尾生抱緊了橋柱，還捨不得丟開手中的那束花。

雨終於停了，水卻漲得更快，水漲到尾生的胸口，往他的肩上爬。

「此刻她一定已經上路了，正朝我這兒奔來，約好了這兒就是這兒，我不能背信。」尾生告訴自己，抱緊了柱子，連一步也不肯妥協。

溪水無情地漲過尾生英挺的下巴，漲過他的額頭。尾生高舉的右手慢慢垂下，手中的那束白玫瑰漂散在奔逝的水面上，轉瞬間消逝了蹤影。

尾生在滅頂之際，心中還掛念著那個正朝他奔來的女孩，想囑咐她天雨路滑，慢慢地走，小心別滑倒摔著了。

只是那女孩再也聽不到尾生溫柔的叮嚀了，他抱緊柱子的左手無力地鬆開……。

痴情的尾生的故事傳唱千古，可是像他一樣痴情的男女，在任何時代、任何地方都從來不曾缺少過，只少一個傳唱的人罷了。

因爲這是個有情的天地。

連紅腹畫眉都那樣多情，何況是萬物之靈呢？

且讓我做個傳唱者，把古今中外一則則感人肺腑的愛情故事再傳唱一遍——說愛十九帖，勾勒出愛情的眞相。

一・永遠的初戀

西漢人韓嬰《韓詩外傳》裡有個故事：

有一天，周遊列國下鄉走透透的孔子，來到一個名叫少源的地方，他在郊野看到有個婦女很傷心地哭泣著，就叫隨侍的弟子前去探問，看有沒有可以幫忙的。

弟子走到婦人面前，問道：「我的老師孔夫子問您，爲什麼哭得這樣悲痛呢？」

婦人說：「剛才我在割草時，不小心把我丈夫給我的一枚蓍草編的簪子弄丟了，找也找不到，所以很難過。」

弟子說：「一枚用蓍草編的簪子值幾個錢？值得這樣悲傷嗎？」

婦人說：「那是我亡夫從前在談戀愛時，送給我的定情之物，那不是一枚普通的簪子啊，我怎能不痛心呢？」

孔子聽了之後，對弟子們說：「眞心摯情，哪怕是一枚草簪，也勝過金簪玉簪啊。」

相信很多人都有類似的經驗：年輕時和異性談戀愛，兩個人都沒有錢，不能送對方很昂貴的禮物，不能帶對方去吃豪華的餐廳，不能常去看電影、上舞廳……，只能在很小很小的飯店裡點最便宜的東西吃，而後手牽手一同壓馬路，可是那是一生裡最甜蜜幸福、最珍貴難忘的經歷；很久很久以後，也許是初戀的對象，也許是另外的人，我們結婚了，有很好的工作，有了很多的錢，我們可以天天去情調最好的西餐廳吃牛排，去最高級的飯店吃日本料理。我們可以買金項鍊、鑽戒和昂貴時髦的衣物送對方，我們可以安排國內外著名的觀光勝地前往旅遊……，可是，愛情卻已經褪色了，不再像當初那樣甜美，連鑽戒和金項鍊也沒有初戀時情人送的那個像玩具一樣的鍍金戒指、鍍銀鍊子那般珍貴。

不是我們被歲月淘鍊得變挑剔了，而是當初那種純眞樸實的感情已不再了。日常生活裡摻雜了太多無法逃躲的現實——名位的計較、金錢的盤算、工作的壓力、生活的刻板、無可推卸的責任、對未來的無力感和不確定感、病痛的糾纏……，全都使我們變得庸俗多慮，變得不浪漫、不可愛，也無法愛人。

我們擁有了財富、名位，擁有了許多物質上的享受，可是，我們卻不再擁有愛情。當我們開著名貴的轎車偶爾到溪頭、阿里山去旅遊時，我們最羨慕的竟是車窗外在路邊揹著背包行走的一對年輕的戀人。

是的，什麼都有了，就是沒有愛情。是的，金錢是萬能的，它可以買到享受，買到歡樂，買到物欲的滿足，可以買許許多多的鑽戒，可是它卻買不到一個深情的男子用著草編的簪子，買不到愛情。

這就是爲什麼那個割草的婦人在遺失了那枚草簪後會那樣悲哀痛哭了。

當歲月流逝、當我們變得愈來愈市儈、愈來愈不浪漫時，我們所能擁有的，只剩下初戀時美好的回憶，和當時那段甜蜜愛情的見證——一枚情人親手編的蓍草簪子。如果連這枚草簪都無法擁有，我們怎能不痛哭流涕呢？

（民國八十八年五月十八日　中華副刊）

二・求愛的藝術

許多年紀在三、四十歲以上的人，常常會在內心裡有一種慨嘆，那就是不知道如何和異性打交道。遇見英俊美麗的異性時，往往手足無措、臉紅氣喘，眼神也不知道該往哪兒放了、話也不知道該怎麼說了。明明心裡沒有絲毫邪念惡意，言行舉止卻立刻笨拙得像要使壞心眼似的，連最簡單的親善示好也不會了，只有恨自己是個窩囊廢。

不會和異性打交道的人在日常生活裡往往要吃許多虧、錯失許多好機緣，有些情況比較嚴重的人，最後只好做一輩子的單身貴族。至今四十歲以上的失婚女性比例相當高，就是兩性關係無法自然溝通所造成的結果。

為什麼老一輩的中國人特別不擅於和異性打交道呢？因為自宋朝以來，儒家禮教就嚴男女之防，不讓年輕男女有自然相處、互相了解的機會。這種情形一直到晚近仍是如此，在對異性最感好奇的中學生階段，絕大多數的學校仍採取男女分校或分班的制度，不讓他們有機會互相接觸、彼此了解。等到進大學後，才開始摸索學習兩性相處之道，已經為時過晚，許多對異性的偏見執著已不易改正根除，就更不用說許多沒有機會念大學的年輕人了。這是造成今日兩性對立、兩性關係緊張的主要癥結所在，也是失婚比例偏高、離婚率偏高的主要原因之一。

為什麼宋朝以來就採取男女保持距離的政策，卻只有民國以後才產生兩性不易溝通、失婚比例偏高的問題呢？那是因為古時候的婚姻採行「父母之命，媒妁之言」，不會和異性搭訕沒關係，有人把另一半送上門、送作堆，再笨拙膽怯、不會和異性打交道的人也可藉相親而成親。可是民國以後倡行自由戀愛，個人各憑本事去泡妞追馬子，從小沒和異性接觸過、又口拙木訥的人，可就吃盡黃蓮、暗自叫苦了。

「禮失求諸野」，邊疆民族的年輕男女卻不是這樣子長大的，不受禮教束縛的他們在成長的過程中，常有機會接觸異性，培養出健康正確的兩性觀念，也充滿熱情和勇氣，能夠自然大方的向自己喜歡的異性示愛，不會覺得忸怩害羞、卑鄙齷齪，即使示愛被拒，也不會覺得喪盡顏面、備受打擊。

以下就讓我們看看古代邊疆民族的年輕人是如何巧妙的向他喜歡的異性示愛，他們談戀愛的風俗，實在值得我們參考借鏡。

四川、雲南、廣西、貴州一帶的彝族青年男子，在趕集、放牧、走訪親友的路上，如果看中了自己喜歡的姑娘，不管認不認識，可以突然上前，一把搶走她戴的帽子、鬢花、襟前的巾帕，或任何輕便可以搶到手的東西，然後跑開引誘姑娘來追。如果姑娘對這個男子不中意，可以不上前追趕，搶東西的青年便得自動把搶到手的東西還給對方；如果被搶的姑娘對搶她的青年也很中意，就一路追打上去。一個逃、一個追，兩人一直跑到僻靜無人之處，便可以好好開始談戀愛了。

彝族這種戀愛風俗不限於男方搶女方身上的小東西，如果一個姑娘在路上看到她喜歡的男子，也可以主動上前去搶走男方的東西，然後跑開，引誘對方來追。男女雙方都有主動示愛的機會，而且不需要什麼口才或本事，只要有勇氣就能充分表達追求的意願，又留給被動的一方充分的主動決定權，是這種戀愛風俗最高明處。被搶的一方從起初的錯愕驚訝，到看見對方投以促狹而又充滿誠懇善意的微笑，初戀的邂逅便充滿了驚喜的情趣，眞是完美極了。

分布於廣西都安一帶的壯族青年男女，流行一種別致的求愛方式。每年農曆三月初三這天，要在村郊曠野舉行歌唱大會，屆時家家都把雞蛋、鴨蛋或鵝蛋煮熟，染上鮮紅的顏色。

打算談戀愛的青年男女，紛紛手持著紅蛋四處尋找他愛慕的對象。當碰見意中人時，就用紅蛋去碰對方手中的紅蛋，以示求愛。如果對方也有意相戀、就會讓手中的紅蛋碰破，然後雙雙手牽手走到沒有人的郊野密林中去談情說愛；如果對方無意相戀，就會用手護住自己手中的紅蛋，不讓它被碰破，這時主動示愛的一方只好失望的走開，另外物色彼此都情投意合的對象了。

這種戀愛風俗同樣也無需口才的輔助，連啞子都可以向自己喜歡的對象求愛。

每年農曆的春節，是廣西橫州一帶壯族青年求愛的時刻。壯族的未婚男女個個穿上華美的衣飾，打扮得亮麗光鮮，而後來到郊原上。當男子看中某個姑娘，就將一方布帕送給她以示求愛。如果女方不中意這個示愛的青年，可以不去接這方布帕；如果女方也中意這個男子，就將布帕收下，而後雙雙走到僻靜無人之處開始談戀愛。

日後，當戀愛成熟時，女孩就在當初男孩送她的那一方手帕上繡上美麗的花朵，再還給男孩，以示許嫁。男方家長便可以派媒人正式上女方家提親、完成婚禮了。

雲南山區的納西族人每年農曆二月初九這天，家家婦女都要帶上一把蠶豆，到附近的東山廟向一頭木雕的肥豬祭祀，祈求新年裡六畜興旺。如果家中有待嫁的姑娘，做母親的會將她們打扮得花枝招展，一同帶出門去走一趟。

廟前有賣米花糖餅的小販，待嫁的姑娘們都會買些米花糖餅帶回家。在回家的路上，那些守候已久的未婚青年男子就紛紛上前，向他們喜歡的女孩討米花糖餅吃，並藉此搭話，誇讚她的美麗，向她表示愛意。

如果女孩不中意這個男孩，可以相應不理，自顧自的往前走，男孩便只好識趣的走開，另外找尋求愛的對象；如果女孩也喜歡這個示愛的男孩，就把手中的米花糖餅分給對方吃，邊走邊聊，達到互相認識和進一步交往的目的。

廣西大苗山一帶的苗族青年男女，是藉著歌聲向心儀的異性表達愛意。每當秋收後農閒的季節，年輕的苗族男子就打起火把、點起燈籠，爬山過嶺，涉水跨橋，到幾里甚至十幾里外別的村寨去找姑娘（稱「坐寨」或「坐妹」），唱起嘹亮的歌聲，向寨中未婚的少女表示求愛之意。

寨裡的姑娘聽到別的村寨的男子來唱情歌了，就盛裝而出，和對方互唱。起先雙方互相唱見面歌做自我介紹，而後再互相唱起讚美歌；唱了幾首讚美歌後，再開始唱熱情的挑逗歌。如果彼此無意交往，可以在任何階段中止歌唱，另外尋找互唱情歌的對象；如果雙方情投意合，唱完幾曲挑逗歌後就可以唱定情歌，然後攜手到僻靜無人之處開始進行普天下所有戀人們在一起時最喜歡做的那些事情。

清晨時，只見田野邊、山道上，出現了一對對難捨難分的情侶，彼此依依不捨的唱著別離歌和莫丟歌，互贈禮品作爲信物，喃喃細語相約再會之期，有的更約定了婚嫁的婚期。

貴州平越縣的苗族少女，到了十五、六歲適婚年齡之後，每天夜晚就不與父母同睡一處，而是來到曠野之處一座竹樓，獨自睡在竹樓上。

其他村寨的未婚男子到了夜晚時，就來到竹樓下，吹起了竹笙，向少女示愛。

竹樓中的少女聽到挑逗的笙樂，便起身探視，看是誰在吹竹笙。如果彼此對看都中意了，少女就招手邀請吹笙的青年爬上竹樓，在竹樓裡進一步的談情說愛，親吻愛撫……。

求愛的男子夜來曉去，進行著甜蜜的戀愛，到了農曆十一月時，就可以正式的舉行婚禮，結爲夫妻了。

中國西南邊區雲貴兩廣的苗人，最膾炙人口的求愛風俗就是跳月了。

每當春天晴暖有月亮出來的夜晚，苗族的未婚男女便穿上最鮮麗的服飾；

男子頭插雞羽、腰繫錦帶，襖不及腰、褲不蔽膝，女子也在髮髻上插雞羽和簪飾，身穿錦緞鑲邊的彩衫和百褶花裙，衫裙之間也紮著錦帶，披掛著珠纓貝絡，走路時會發出叮噹悅耳的聲音。盛裝的青年男女在父母的率領下，來到歌唱跳舞的大草原上，準備在月下跳舞求偶，稱爲「跳月」。

跳月剛開始時，大家圍坐在草原的四周，所有的男子吹響了帶來的竹笙，所有的女子合唱著哀艷的情歌，未婚的男女就且吹且舞、且歌且舞的來到草原中央，在歌舞吹奏中尋找自己中意的異性。只見青年男女歌吹而舞，頻頻向自己心儀的異性放電；也有男子向女孩靠近而女孩卻邊舞邊走開的，也有女孩向男子靠近而男子卻不顧而去的，也有好幾個女孩爭著擁向一個男孩讓男孩不知選誰是好，也有好幾個男孩同時向一個女孩示愛而讓女孩猶豫不決的，有的男女互相靠近了又彼此捨去，離開了卻仍以目相盼……，到了目許心成後，男孩就揹起了彼此喜歡的女孩，渡澗越溪而去，找一個僻靜深幽之處結合爲一體，互許終身。做愛完畢後，雙方交換錦帶繫在腰間，手牽著手回到原先跳月的草原上，各隨自己的父母回家，而後再由男家邀請媒人到女方家去議親，完成婚禮的儀式。

看了上述這些邊疆民族戀愛風俗的簡介之後，您是否覺得我們自己的戀愛方式太保守落伍、平淡無奇，有必要加以改進了呢？

（民國八十四年六月十五日　中華副刊）

三・戀愛致勝十訣

中國有句古老的諺語說：「女追男，隔層紗；男追女，隔重山。」

意思是說，女人如果想要追求她所喜歡的異性，簡直太容易了，彼此間好像只隔一層紗，只要自己肯把紗揭開，男的就可以追到手；這紗可以是抽象的比喻，也可以是具象的直指。男人追女人可就難嘍，因爲他和所喜歡的異性間好像隔了一座山，怎樣才能翻山越嶺、一探桃源究竟呢？

正因爲女追男容易成功、男追女不易如願，所以許多情場失意的年輕人，一直在四下打聽有沒有「怎樣把馬子才能馬到成功」的絕竅？

把馬子當然有絕竅啦，只不過這些絕竅是古代情場高手的不傳之秘，所以一般人很難有機會得知其內容。古代的登徒子對這些絕竅守口如瓶、秘而不宣，他們因此才能在情場左右逢源、大享艷福；如果這些追求異性的秘訣人盡皆知，登徒子們可就沒有機會占便宜、無所施其技了。

筆者年輕時，因緣際會得以結識一位異人，蒙其傳授古代的「戀愛致勝十訣」。這位異人當時已年過七旬，猶時時遊戲於花叢，令人稱羨不已。他家的書房懸掛著一幅古色古香的對聯，以瘦金體書於灑金大紅宣紙上，聯云：

名在千佛經中見，
身從衆香國裡來。

可以想見他是多麼地風流瀟灑、無往不利。

今筆者已年屆知命，秘此戀愛十訣亦無所用，特公諸於世，以供天下之有情人參考。

這十大秘訣是：

一要濫於撒漫。也就是要出手大方、捨得花錢。因爲女人最看不起小氣的男人了，什麼難聽的話都會在心裡罵出，至於結婚之後小氣，自然又另當別論。

二要不算功夫。也就是不在乎經常寫信、送花、獻殷勤而得不到對方的回報。千萬不要因爲只寫了十封信、送過兩束花，對方還沒有反應就打退堂鼓，她將來要陪你睡幾十年哩，那有這麼便宜就有結果？

三要甜言美語。也就是口才好、會讚美對方、說對方愛聽的話。女性十之八九都愛慕虛榮、喜歡聽好聽的話，其他條件差的男子，千萬要在這一點上多下功夫；要讚美得不虛偽做作又不肉麻噁心、既新鮮別緻又不輕佻浮誇，而且每次讚美的遣詞用句都不相同，這裡頭的學問可大哩！

四要款款溫柔。也就是溫存體貼，要大丈夫能伸能屈。在別人面前不妨是個粗暴勇悍的莽漢，在女友面前，千萬只能做一個柔情似水、耐性十足的紳士，她笑陪她笑，她哭陪她哭，那就對了。

五要死纏活賴。也就是臉皮厚，不在乎女性一再拒絕、一再潑冷水。其實女性就是難追才有意思，一問就肯的人豈不太乏味了嗎？像什麼一樣？

六要羅曼蒂克。也就是男的要身體健康、精力充沛，懂得浪漫的情趣，不是柳下惠、不是木頭人，該接吻的時候絕對不要只會拉手、該做愛的時候絕對不要只會聊天。

七要裝聾作啞。也就是不要太在意女孩以前有幾個男朋友、現在有幾個男朋友。女孩有很多男朋友，才表示她條件好、值得追，不要斤斤計較這些，要用自己是她初戀的情人、唯一的情人的心態去追，才能精誠所至、金石爲開。

八要一心一意。也就是只能專心追求一個異性，不要同時追兩個、三個女孩。不要以爲自己條件好、手段高，同時「應付」兩、三個女孩不成問題，不會被發覺，這樣的行徑總有被拆穿的時候，總不會有好結果，古人說「逐兩兔而不得」，眞是經驗之談。

九要穿著新鮮。也就是要注重打扮。一個男孩如果自詡爲名士或藝術家，不屑於講究衣著，不求人時可以如此，若要求人時則千萬不可如此。而談戀愛是求人之事，尤其得求很喜歡以貌取人的女方家長的同意，如果不注重穿著，是會吃很大的虧的。

十要一團和氣。也就是爭取最好的人際關係。不光是要贏得女孩的心，還要贏得她的父母的心，還要贏得她的好友的心，這樣才能有十足致勝的把握，讓她想逃都逃不掉，萬一她想打退堂鼓時，自有她的父母親友在後頭替你攔阻。

這十則戀愛致勝秘訣據說已口耳相傳了四、五百年。另據近人朱介凡《中國風土諺語釋說》記載，晚近的民初時代，在台灣也曾流行過另一個版本的「戀愛十訣」，那就是：一錢，二緣，三美，四少年，五好嘴（嘴很甜，會說讚美的話），六敢跪（能忍讓），七皮（臉皮厚），八綿爛（死纏），九強（有男子氣慨，敢用強硬手段），十拚死（能破釜沉舟，抱不成功、便成仁之決心）；與前述的可謂大同小異。

諺云「師父領進門，修行在各人」，閣下今後能否情場得意、心想事成，就看您能不能熟讀以上的「戀愛致勝十訣」，並且學以致用、臨場發揮了。

（民國八十六年二月三日　原載閣樓雜誌）

四・桃花運

一般身心健康、無不良嗜好的男人，衷心最期盼的事情，大概莫過於經常有伊莎貝愛珍妮、辛蒂克勞馥或黛安娜王妃之類的美女頻遞秋波、投懷送抱了。

可是想歸想，在現實世界裡，這樣的桃花運畢竟很難出現。大家日想夜想、想到頭髮變白、眼睛脫眶，也只是癩蛤蟆想吃天鵝肉罷了。

可是大家也不要洩氣，天鵝肉也是給人吃的，伊莎貝愛珍妮的肚子不就一大再大，做了兩個孩子的媽嗎？她第一個孩子的爸是誰，至今仍是個謎呢。可見桃花運還是可能發生的。

凡夫俗子盼不到桃花運，看看別人怎麼交桃花運、下場如何，總不算什麼痴心妄想的非份之舉吧。

在古代中國，頭一個交桃花運的歷史名人大概要數晉朝時的美男子潘安。潘安姿儀俊美，每次出門走在馬路上，婦女見了他都情不自禁地圍攏上來，手牽著手不放他過去，希望潘安看上自己，跟自己來一段情；有的還解下貼身的香囊、衣襟上的香帕，扔給潘安以示有情。

潘安有個難得的長處，就是佔了女人的便宜後絕不到處張揚，更不會寫在回憶錄中賣錢。諺云：「十個女人九個肯，就怕男人口不穩。」潘安長得又俊美，又守口如瓶，到底欠下多少風流債，只有他自己心知肚明，史籍上始終隻字未提，史書上只以「潘安之貌」作爲美男子的典範。

晉朝時還有個美男子叫衛玠。律玠也長得英俊魁梧，每次乘坐拉風的牛車經過大街時，路人都爭著圍上來看他，婦女更是爲他痴狂，爭著把香帕、銀錢、鮮花、水果丟到衛玠乘坐的車子上，歇斯底里的尖聲怪叫，希望博得他的青睞，場面之激動熱烈，比當今歌迷們遇到邁可傑克遜時的情景有過之而無不及。

由於衛玠每次出門都滿載而歸、收穫豐碩，因此他家裡缺水果吃、缺買菜錢花用時，家人就慫恿他坐著牛車出門去兜風賣俏。衛玠死時只有二十七歲，大家都說他是曝光太多、被人看死的。針無兩頭尖、有一得必有一失，世間事大抵如此。

北宋時有個才貌雙全的美男子名叫宋子京，走在街上也會引人矚目。有一回宋子京經過汴京的御街，正好一列皇宮的車子經過，有個宮妃掀起繡簾驚艷地說：「是小宋欸！」世人都習稱宋子京爲「小宋」、稱他哥哥宋公序爲「大宋」。宋子京也聽到了那個宮妃的驚嘆之語，回家後塡了一首「鷓鴣天」詞，慨嘆彼此有情無緣。誰知這首詞傳唱到宮中被宋仁宗聽到了，問出那天是誰呼小宋，就把她賜給了宋子京。

連皇帝的宮妃都可以弄到手，你說宋子京的桃花運有多叫人羨慕。

可是大享桃花運的男人也有不足爲外人道的苦楚。宋子京晚年出任成都知府，帶著十幾位美艷的妻妾一同上任。有一次，成都仕紳在錦江畔請客，宋子京也受邀赴宴。吃到一半時，天氣突然變冷了，宋子京就叫隨侍的僕從回家去取一件小背心來給他穿，免得受涼生病了。

不料侍從回來時，竟帶了十幾件小背心。原來妻妾們一聽老公喊冷，每人都翻開衣箱，找出一件小背心來，要侍從帶去給老公禦寒。

宋子京看得眼花，不曉得穿那一件好，怕老婆們說他偏心，竟然一件也不敢穿，只有忍著寒風吃完酒，一路凍回家去。

凍得可眞好。

（民國八十六年七月二十八日　原載皇冠雜誌）

附「桃花運」小考

中國人習稱情場得意、有異性緣爲「走桃花運」，爲什麼不稱「走荷花運」或「走梅花運」而要稱「走桃花運」呢？

原來古代中國人在每年陰曆三月的第一個巳日（稱「上巳」）這天，要手持蘭草到河邊去祈福消災，稱爲「修禊」。未婚的年輕男女在修禊之後，就彼此尋覓佳偶，在人群中找尋自己心儀的對象，並展開熱烈的追求。如果彼此情投意合、一見鍾情，更可以馬上小手相牽，到河邊寬曠茂密的樹林草叢間去卿卿我我、談情說愛了。

古人以子、丑、寅、卯……十二支計日，上巳不一定在陰曆的哪一天，但三月上巳時正是桃花盛開的時節，由於古人在桃花盛開的上巳大談戀愛，所以大家就稱交上異性朋友爲「走桃花運」、稱男女感情糾紛爲「桃色糾紛」。

五・愛情的條件

愛情有沒有條件？

也許有人會說：「愛情就是愛情，怎麼能有條件？有條件的愛情豈不是太現實、太俗氣了嗎？愛一個人就要毫無保留、毫無條件地去愛。」

說得眞是感人。可是你毫無條件、毫無保留地愛張三，卻毫不考慮去愛李四，可見張三的條件比李四好，你才選張三，不選李四。

有選擇就是有比較、有條件。你不會說你從不選擇，什麼人都可以愛吧？可見愛情還是有條件的。

這個道理我在念大學時就弄懂了，因爲班上一個漂亮的女孩對我說：「我將來挑選老公有三種人不嫁。一是姓范、姓蔡、姓湯的人不嫁；二是身高比我矮的男人不嫁；三是獨子不嫁。」話不能說得太滿，後來她就嫁給一個姓湯的獨子，雖然身高比她高，勉強扳回一城。

比起我那位同學，還有些女生的條件更毒哩！除了以上幾點外，還加戴眼鏡的不嫁、有公婆的不嫁、有小姑的不嫁……。看來她只能嫁從石頭裡蹦出來的孫悟空。

可是女人挑白馬王子也不始於今日，古代中國的女性早就在心頭盤算著要挑怎樣怎樣的如意郎君了。明朝萬曆年間熊稔寰輯集的《續選劈破玉》裡，有一首流行歌曲「十愛」，唱出了當時少女心目中的如意郎君說：「一愛你、二愛你聰明伶俐；三愛你、四愛你人物標緻；五愛你、六愛你一團和氣；七愛你說話兒巧；八愛你投我機；九愛你溫存也；十（實）情愛著你。」

「聰明伶俐」是智商高、學歷高，「人物標緻」是長相英俊，「一團和氣」是性情溫柔，「說話兒巧」是口才好，「投我機」是志趣相投，「溫存」

是善解人意。這些條件在今天也大致通用，最符合以上六個條件的男子，大概要數馬英九和黃義交兩人了。可惜一個是死會、另一個死了一半，令天下多少痴情女子爲之三嘆——寧不知義交與英九，良人難再得。

「十愛」唱出了古代中國一般少女的擇偶條件，看得出來是比較浪漫的、唯美的、柏拉圖式的；而經過社會的磨練、在紅塵中打滾的女性，對如意郎君的選擇條件就很不一樣了。

晚明馮夢龍《警世通言》卷三十八「蔣淑眞刎頸鴛鴦會」裡，有一段話描述青樓妓女心目中的理想情人有以下十個條件：「一要濫於撒漫（出手大方肯花錢）；二要不算功夫（不在乎常常獻殷勤）；三要甜言美語（口才好有幽默感）；四要款款溫柔（溫存體貼）；五要乜斜纏帳（臉皮厚、不怕女孩使性子耍小姐脾氣）；六要施逞鎗法（身體健康）；七要裝聾作啞（不吃醋、肚量大）；八要擇友同行（肯多花錢以示大方）；九要穿著新鮮；十要一團和氣。」

和「十愛」相比，青樓女子多了金錢和健康的考量，就實際得多了。

最近香港文匯報刊載了一篇報導，說一位大專畢業的上海姑娘提出了「七要」的擇偶條件說：一、年齡要二十七歲以下；二、身高要一百七十八公分以上；三、學歷要大學本科以上；四、月入要八千人民幣以上；五、英語要好；六、住房要三室一廳；七、職業要外資企業高級職員。」

咳！這位上海姑娘長得比伊莎貝愛珍妮或妮可基嫚還漂亮嗎？居然如此獅子大開口的提出賣肉條件，簡直比明朝的妓女還妓女——明朝的妓女還不計較男子的年齡和身高哩，只要兩情相悅、眞心相愛就好，而這位上海姑娘卻只提與錢有關的條件，完全不考慮有沒有感情，不是賣肉是什麼？

同一篇報導還指出，另一位上海的中學女教師提出了「七不要」的擇偶條件：一、蘇北籍不要（因爲江蘇省長江以北地瘠民貧），二、戴眼鏡不要；三、月薪三千人民幣以下不要；四、和本人相差六歲的不要（迷信夫妻年齡相差六歲犯沖）；五、A型血不要（A型者喜歡鑽牛角尖）；六、天蠍座不要

（善妒）；七、屬雞、牛、狗、龍的不要（迷信生肖合婚犯忌之說）。

從這位女教師的擇偶條件來看，只能以四字形容：膚淺勢利。這樣的女人我也不要。

說了半天女人擇偶的條件，男人戀愛時選擇另一半又有哪些要求呢？

我以爲男人擇偶的條件有三：一是漂亮；二是漂亮；三還是漂亮。

只要漂亮就好，其他一切都無所謂。漂亮的女人在家裡可以愛得要死，帶出門又拉風得要死，面子裡子都有了，夫復何求？

漂亮第一。如果漂亮之外又很有錢當然更好，老丈人陪嫁一棟別墅、一輛轎車，可省下自己十年、二十年的辛苦打拚，何樂而不爲？可是如果漂亮而不富有和富有而不漂亮，那還是選擇前者，因爲錢是可以賺的，老婆是很難換的，兩害相權取其輕。

漂亮第一。如果漂亮之外又很年輕當然更好，如果漂亮卻不年輕也沒關係，所謂「徐娘半老，風韻猶存」，可是千古名言哪！

漂亮第一。如果漂亮之外又很健康當然更好，萬一不健康也無妨，病西施、林黛玉照樣讓人著迷。

當然，在漂亮、富有、年輕、健康之外，如果再能夠擁有諸如貞潔、聰慧（善解人意）、溫柔（體貼可人）和肚量大（不吃醋）等等美德，那就更好了，能有這樣的女人做老婆，可真是前世修來的。

可是，你以爲你是誰啊？湯姆克魯斯還是李奧納多？少臭美了。

（民國八十八年七月十六日）

六・情人眼裡

報紙上說：好萊塢性感天后莎朗史東和法國富商麥可貝那斯納正陷於熱戀之中，兩人在加勒比海海邊裸泳，又抱又吻，狀至親熱，令整個海灘爲之沸騰，也令所有喜愛莎朗史東的影迷爲之氣結。

報上的圖片有目共睹，麥可已四十四歲，結過婚又離婚，頭頂微禿，相貌平平，還挺著一個啤酒肚子，除了有錢外，其他條件實在不敢令人恭維。有記者就調侃的問莎朗史東：「你們兩人在一起拍拖，會不會給人『美女與野獸』的感覺？」

莎朗史東竟回答說：「麥可不是花花公子，他聰明、令人愉快，這是我所缺少的。至於他微凸的小腹，你不認爲挺可愛的嗎？」這樣的回答，眞教天天鍛鍊身體、肌肉堅實、小腹平板的男人聽了洩氣傷心。

同樣的事情也發生在我的一位大學同學身上，她老公也養著一個啤酒肚子。有回我和她聊天，不知怎的提及此事，你知道她怎麼說嗎：「張國雄的肚子還好啦，哪裡有很大呢？」老婆都不嫌，別人又有什麼好嫌的呢！

情人眼裡出西施，自古而然。清朝初年時，江西南昌有個個性豪邁的名士叫王猷定（字于一，號軫石），其人工詩能文，兼擅書法，在文藝圈頗有名氣。王猷定晚年寓居浙江杭洲西湖邊的僧舍時，熱戀杭城裡一個粗肥醜陋的妓女。朋友們知道以後，都嘲笑他眼光太差、太沒水準，怎麼會跟那麼胖的女人談戀愛。王猷定卻柔聲笑說：「你們難道不知道嗎？現代的美人都流行豐滿肥胖呢！」

清朝中葉時的文壇名士湘綺老人王闓運也是如此。王闓運在咸豐年間客居廣東擔任巡撫的幕僚時，討了一個廣東女子爲妾，這個女子名叫大崽，王闓運對她神魂顛倒、寵愛逾恆。有一天，王闓運在家裡設筵招待好友，觥籌交錯之際，大夥聊起文章的好壞，王闓運拊几興嘆說：「讀書要讀秦漢以前的書，六朝以後的書全都不值一顧。」說著說著興致上來了，就得意的喚大崽出來和客人們打個招呼。

賓客們久聞王闓運納了一位寵妾，正嘆無緣一睹佳人丰采，聽說大崽要出來見客，無不滿懷期盼。那知等見了大崽，竟是一個又黑又醜的女子，不禁大失所望。座中一位客人忍不住拱手向王闓運賀道：「王兄對文學的高論眞是見識過人、慧眼獨具，連王兄的寵妾也是如此的古色古香，不屑與六朝比美。」

王闓運情人眼裡出西施，自然聽不懂話中玄機，於是就問他此話怎講？這位客人說：「世界上哪有像尊寵這樣的六朝金粉呢？」所有的客人聽了，全都捧腹大笑。

正因爲情人眼裡出西施，所以明朝時有個男子曾忘情的唱道：「憶當初那人兒，我愛她百般標緻：可人處楊柳腰櫻桃口，柳葉眉兒秋波一轉，嬌滴滴一笑千金價，美貌賽西施。曾記她半啓著窗兒，剛照個面兒，賣一個俏兒，冷丟下眼兒；想起那嬌嬌，魂也不著體，魂也不著體。」眞這樣美嗎？只有天知道。

正因爲情人眼裡出西施，所以普天下絕大多數的男女，都找得到可以白首偕老的另一半，可以對他的口臭絲毫不覺、對他的鼾聲充耳不聞、對他的缺點欣然笑納，甚至不覺得自己是在包容對方。像明朝時一個戀愛中的女人所唱的：「你嗔我時，瞧著你只當作呵呵笑，受著你只當作把情調。你罵我時，聽著你只當把心肝叫。愛你罵我的聲音好，愛你打我的手勢高，還愛你宜喜宜嗔也，諸般通是好。」你說這樣的愛法，豈不是病入膏肓？豈不是無藥可救？

宋朝時，有個容貌粗陋、又瞎了一隻眼睛的娼妓，因爲沒有人要她，窮得三餐不繼，只好流浪到京城裡，靠討飯過活。

有一天，這位醜陋的妓女在汴河邊踽踽獨行時，有幾位衣飾鮮麗的英俊少年騎著馬從她身邊經過；其中一位少年竟然對她一見鍾情，把瞎了一眼的娼婦帶回去，用豪華的別墅將她藏起來，加意小心的伺候、奉承著，給她吃最可口的佳肴、給她穿最華美的衣服，給她買金鍊條、金手鐲、金戒指，挖空心思討好她，深怕她有一點點的不高興；甚而在冬夜裡，她要上廁所時，他都趕緊先跳出熱被窩，脫光了褲子坐在馬桶上，把冰冷的桶沿坐暖，再起身讓她坐馬桶，免得冷冰冰的馬桶凍著愛人的屁股。

這個年輕人的朋友們知道了以後，忍不住冷嘲熱諷，笑他竟會愛上如此醜陋的女人。金屋藏嬌的少年竟然反唇相譏道：「你們懂個屁呀！自從我有了她之後，我再看世上的女人，只覺得每個人都多生了一隻眼睛。這眼睛哪，長得好看最重要，如果眼睛好看，有一隻也就夠了，光是多又有何用呢？」

高論如此，夫復何言？

（民國八十五年十一月三十日　中華副刊）

七・愛你在心口難開

戀愛中的男女，在毫無保留地付出自己的情感時，忘情地向對方呢喃：「我愛你！」豈不是再自然也不過的事了嗎？

這樣的情景，在西洋暢銷愛情小說中可謂俯拾皆是。像英國勞倫斯的《查泰萊夫人的情人》裡，查泰萊夫人康妮因爲丈夫不能人道，而與她們家的森林看守工人梅樂士偷情，唐妮就在做愛時問梅樂士：「你眞的愛我，是不是？」梅樂士回答說：「我愛妳，妳的大腿、妳的姿態、妳的女人味，我愛妳的女人氣息。我整個心、整個雞巴都愛妳。」

前一陣子流行的電影小說《麥迪遜之橋》裡，作者羅伯・華勒描述一位專業攝影家若柏・琴凱邂逅愛荷華農村的有夫之婦芬西絲卡，兩人展開了四天的瘋狂熱戀，而後若柏爲了不傷害芬西絲卡的家人，尊重了她的抉擇而黯然離去。很多年後，芬西絲卡輾轉接獲若柏在臨死前寫給她的一封情書，信上最後一段說：「但我畢竟只是一個凡人，而所能想出的一切哲學推理並無法使我放棄想念妳。每一天、每一個時刻，無法和妳共處的時間，在我內心深處哀泣著。我愛妳！深切地、完全地愛妳！而且也將永遠如此。」

「我愛你」在現代中國愛情小說中也隨處可見，像瓊瑤《六個夢》中第三個夢「三朵花」中，男主角楊蔭就對女主角章念琦說：「念琦，我的心在這兒，我的人在這兒，妳信任我，我永不改變！我愛妳，愛妳！」

瓊瑤的《冰兒》第十章裡，也有如下的描述：「冰兒還在沙發前膩了好一會兒，她不哭了，吻著李慕唐的額頭，她低語：『我愛你。』」

李昂的系列短篇小說集《人間世》中，也有同樣的例子。在「莫春」這篇小說裡，有一夜，女主角唐可言在與情人李季做愛時，突然發現自己比以往對他有著更多的依戀，便固執的反覆告訴他：「我是愛你的。」後來李季也在電話裡對唐可言說：「妳到南部這幾個月，我想了些事，我告訴妳，可能妳不會肯相信，可是我的確是愛著妳的……。」

可是「我愛妳」是西洋男女表達愛情的講法，古代中國人並沒有這樣的表達習慣，中國人的「愛」字是比較偏重於骨肉親子間的感情，男女間的愛情則用「憐」或「溺」來表達，如《列子‧楊朱篇》引諺語說：「生相憐，死相捐。」說人活著的時候再怎麼彼此愛憐，死了以後還是要互相捨棄。又如《大戴禮‧盥盤銘》說：「與其溺於人也，寧溺于淵。溺于淵，猶可游也，溺于人，不可救也。」說要是沈溺於愛人，還不如沈溺於深淵來得好。沈溺於深淵時，還可以游泳逃命；沈溺於愛人，就沒得救了。

因爲中國人自古以來不習慣說「我愛你」，所以在古典愛情小說中，也罕見男女主角說「我愛你」的例子。

在明人蘭陵笑笑生一百回的《金瓶梅詞話》裡，儘管有上百處或輕描淡寫或詳細刻畫的做愛情節，卻罕見當事人情不自禁地向對方吐露愛意，男主角西門慶和那麼多女人做愛，卻大半只是情欲的發洩罷了，而那些女人也一樣。因爲沒有愛情，所以只見那些女子一邊做愛時，一邊向西門慶討衣服首飾，叫床叫得再大膽放蕩，寡廉鮮恥而不堪入耳，卻絲毫不見令人感動的愛意在。

後來李瓶兒死了，西門慶請畫師韓先生爲死者畫像留念，說：「我心裡疼她，少不得留個影像兒，早晚看著，題念她題念兒。」「我疼她」就等於是今人所說的「我愛他」。臨蓋棺時，西門慶口口聲聲只叫「我的年小的姊姊，再不得見妳了。」都可見西門慶是眞愛著李瓶兒的。

因爲中國人沒有說「我愛你」的傳統，所以男女之間往往以無限的關懷來表達愛意，像淸人曹雪芹《紅樓夢》第四十五回中，賈寶玉冒雨到林黛玉房中探她的病，臨走的時候，黛玉聽說下人是拿著傘點燈籠照應寶玉走，就從書架上把個玻璃繡球燈拿下來，點一枝小蠟燭，要他帶著走，說：「這個又比那個亮，正是雨裡點的。」寶玉說：「我也有這麼一個，怕他們失腳滑倒打破了，所以沒點來。」黛玉說：「跌了燈值錢呢？是跌了人值錢？你又穿不慣木屐子……」。

同書第五十二回裡，賈寶玉和衆姑娘在瀟湘館閒話家常，臨了散去時，寶玉一面下臺階，一面關切地問黛玉說：「如今夜越發長了，你一夜咳嗽幾次？醒幾遍？」。

都是生活中的瑣事，不言愛卻愛意獨深。

這樣的手法，在民初以來的許多小說家的作品中也可常見，如沈從文的短篇小說「雨後」，刻畫一對年輕而相戀的採蕨男女，在山裡趁躲雨之便而及時行樂，偷嘗禁果。整篇故事中沒有一個「愛」字，而結尾時，躺在草棚下的女孩向先下山離去的男孩遙喊：「四狗，不許到井邊吃那個冷水。」一句叮嚀的話已將愛意表達淨盡——因爲在傳統中國人的觀念裡，做愛後馬上喝冷水是會傷身的。

相較之下，這樣含蓄而體貼的關懷，是不是比直截了當的一句「我愛你」更能觸動情人的心弦嗎？

（民國八十六年二月十四日　中國時報）

八・月光下的愛情

從有歷史記載以前，中國人的老祖先們就在柔和皎潔的月光下，對自己痴心妄想一輩子擁有的異性誇張饒舌地吐露情意，縷述衷心。他們厚顏無賴地指著靜謐聖潔的月亮發誓，說地會老、天會荒、海會枯、石會爛，只有自己付出的愛情是世間唯一的永恆，永遠不褪色、永遠不變質。他們在柔和皎潔的月光下，幸福地和自己中意的戀人對唱情歌、翩翩起舞，熱情地擁吻做愛、享受人生；也在柔和皎潔的月光下回憶往昔的愛情歡樂，思念遠走他鄉、音訊渺茫的負心戀人。

月亮下面的愛情故事，有的曲折浪漫、多采多姿；有的纏綿悱惻、淒美動人，說到地老天荒也說不完。

踏歌跳月談情說愛

在一輪明月下唱歌跳舞、談情說愛，是遠古以來的風俗，漢人稱之爲「踏歌」，苗人稱之爲「跳月」。

「踏歌」是男女手牽手唱歌，一邊唱、一邊用腳踏地打節拍的一種歌舞，也稱爲「踢歌」。據《西京雜記》一書的記載，在兩千多年前的漢高祖時代，宮女們已經在每年十月十五日這天晚上，當一輪皎潔的明月升起時，齊聚在靈女廟前，大家手拉手，踏地爲節，唱「赤鳳凰來」之歌了。唐玄宗和唐睿宗時，正月十五元宵夜也曾有上千名年輕婦女聚於長安城安福門外連袂踏歌爲歡，唐朝詩人張說還有「元夕御前踏歌詞」以記其盛況。

也有的地方在中秋夜舉行踏歌，如《宣和畫譜》一書說：「南方風俗，中秋夜婦人相持踏歌，婆娑月影下，最爲盛集。」

以上的資料都只說婦女連袂在月圓時踏歌，好像沒有男子參與，和戀愛無關。但是在良家婦女、未婚少女不輕易拋頭露面的古代中國，這樣的月下踏歌自然會引來無數男子的圍觀，踏歌結束後的異性相吸、談情說愛，也是很自然的事，只不過古書記載都沒有再追蹤報導而已。

苗人的跳月與漢人的踏歌情形相似，書上的記載就詳細多了。清人陸次雲《峒谿纖志》裡有一篇「跳月記」說：苗人在春天月圓的晚上，大家都穿上華麗的衣裙，聚集在平坦的草原上。未婚男子紛紛吹起了蘆笙，以一韻三疊、哀艷繚繞的弦律引誘未婚的少女啓喉而歌。吹笙的少男來到自己中意的少女面前吹一段，再唱一段，邊吹邊唱邊跳舞，以歌唱告訴對方自己的姓氏里居，詢問對方願不願意和自己談戀愛，對方也以歌唱回答。如果女子不願意，她便以歌唱拒絕了，如果她也中意對方，便以歌唱告訴對方自己的姓氏里居，並下場和男子一同歌舞。起初大家還有些矜持，歌舞時欲接還離，過一會兒之後，便都變得熱情起來，翔手揚足、眉目傳情，歌詞也更香艷、更赤裸。

也有好幾個男子爭相向一個女子歌舞示愛，女子都不中意，打算避開的；也有好幾個女孩爭著靠近一個男子，而男子卻不知該選誰好的；有的男女起初不來電，等各自找到伴兒之後，又捨不得對方，彼此顧盼有情。一直到雙方都心滿意足、互許終身了，男子便背起他的戀人，離開草原，渡澗越溪，找一個僻靜無人之處寬衣解帶，靈肉合一。等野合結束後，在明月的見證下，訂下白首之盟，而後手牽著手回到跳月的草原上，各隨自己的父母回家，日後再找媒人議聘，舉行正式的婚禮。

漢人的踏歌和苗人的跳月，應該同屬於遠古時代中國人的老祖先們在月下談情說愛的傳統所遺留下來的風俗。其實白天人們要漁獵耕種，爲謀生而忙碌，談情說愛的勾當，自然只好安排在月夜裡了。

月下幽歡纏綿悱惻

古往今來，痴男怨女月下幽歡的故事，也多得不勝枚舉。

唐朝時，有個書生名叫張俊，字彥卿，二十歲時遊學京師長安。這年正月十五日，張俊上街看花燈，出了東市，看到某戶人家大門前燈燭明亮，有個年約十七、八歲的美麗少女，由丫鬟陪著，站在竹簾下看熱鬧。

張俊見了少女，立刻心生愛慕，忍不住盯著她看，幾回想上前搭訕，又怕少女嫌自己冒昧輕狂，可是實在捨不得走開，只好假裝掉了東西，在少女門前徘徊尋覓，尋覓時，又頻頻偷眼痴看。

少女識破了張俊的心意，笑著躲進屋裡。張俊鼓起勇氣，上前問還站在門邊的丫鬟說：「妳家小姐姓什麼、叫什麼？」

丫鬟說：「姓何，叫會娘。」說完之後，丫鬟又問：「不知公子尊姓大名。」

張俊也說了自己的姓名，丫鬟便笑著進屋去了。

張俊見人都走了，只好悵惘地離開，他沒走多遠，忽然有個老嫗跟上前搭訕說：「剛才的事我都聽見了，我覺得你們滿匹配的，要不要我替你們牽線作媒啊？」

張俊喜出望外，趕緊作揖道謝。老嫗告訴張俊她的住址，要他明天中午去她家找她，看看有沒有好消息。

第二天一早，老嫗先到何會娘家去探問會娘的心意。會娘也對張俊一見鍾情，便找了個藉口，隨老嫗去她家，終於在老嫗家和張俊你憐我愛，雲雨巫山。

後來何會娘的父親知道了此事，爲免家醜外揚，就把女兒許嫁給張俊了。這是發生在唐朝時月下的愛情故事。

唐朝時還有一個更膾炙人口的月下幽歡的愛情故事，那就是張生與崔鶯鶯的月下幽歡。故事說書生張生在蒲東普救寺遇見已故崔相國之女崔鶯鶯，頓生愛慕之情，崔鶯鶯也對張生頗有好感。忽然叛將孫飛虎帶兵圍住了普救寺，要搶崔小姐爲妻，張生急中生智，請人通知鎮守蒲關的好友白馬將軍前來解圍。崔老夫人原本答應解圍之後，將小姐嫁給張生，可是後來又悔約食言，只許女兒與張生以兄妹相稱。

張生又氣又惱，相思成疾，多虧鶯鶯身邊的丫鬟紅娘替兩人傳遞消息，才使愛情能有所進展。有一回，紅娘捎來鶯鶯寫的四句詩：

待月西廂下，迎風戶半開；
隔牆花影動，疑是玉人來。

張生得此情詩的鼓勵，便在月夜翻牆來到鶯鶯住所，終於得以雲雨巫山，一解相思之苦。

從此以後，「待月西廂」便成了情人幽會的代名詞。

宋朝時有一位書生名叫晁端禮，曾在月下與分別三年的女友重逢，兩人喝酒慶祝，女友望著天空的明月，舉杯對晁端禮說：「莫思身外，且鬥尊前，願花長好，人長健，月常圓。」花前月下、花好月圓，是普天下所有痴情男女共同的心願。

元朝時有個名叫劉庭信的書生，寫了一首散曲，描寫男女月下幽會的情景，十分生動傳神：「夜深深靜悄，明朗朗月高；小書院無人到。書生今夜且休睡著，有句話低低道：半扇兒窗欞不須輕敲，我來時將花身搖。你可便記著，便休要忘了，影兒動，咱來到。」

沐浴在愛河的男女，相約於月下幽歡之事，在後世仍極爲尋常，最後再引明人王世貞《藝苑卮言》書上所記載的一首樵婦吟「山歌」作例子：

約郎約到月上時，
只見月上東方不見渠；
不知奴處山低月上早，
又不知郎處山高月上遲。

勞燕分飛月下相思

北宋大儒蘇東坡曾說：「月有陰晴圓缺，人有悲歡離合，此事古難全。」古往今來，多少有情男女卻無緣相聚，望著天上的明月，想起以前幽歡的情景，便更加思念起遠方的愛人來。

漢時無名詩人所寫的「古詩十九首」，最後一首就是說一個痴情女子望著皎潔的明月，忍不住思戀起她的情人說：

明月何皎皎，照我羅床幃；
憂愁不能寐，攬衣起徘徊；
客行雖云樂，不如早旋歸。
出户獨彷徨，秋思當告誰？
引領還入房，淚下沾裳衣。

唐朝時的一首「望江南」調民歌，也傳神細膩地刻畫了在月下思戀情郎的痴心女子滿腔的哀怨：

天上月，遙望似一團銀；
夜久更闌風漸緊，
爲奴吹散月邊雲，
照見負心人。

宋朝女詞人朱淑貞曾在元宵月圓之夕與情人約會，第二年元宵節時，情人卻不在身邊；朱淑貞望著天上皎潔的圓月，思戀遠去的情人，寫下了傳誦千古的「生查子」詞「元夕」：「去年元夜時，花市燈如畫；月上柳梢頭，人約黃昏後。今年元夜時，月與燈依舊；不見去年人，淚濕春衫袖。」

明人于謙的「古意」，刻畫痴情女子在月下思念情人的情景，尤爲纏綿感人：

妾顏如花命如葉，
嫁得良人傷遠別。
別來獨自守空閨，
夜夜焚香拜明月。
月缺重圓今有期，
人生何得久別離？
願將身托蟾蜍影，
照見良人不寐時。

當初在花前月下多少恩愛，甚而還曾當著月亮發過誓，今生今世永不分離、永不負心，像清朝一本章回小說《金瓶梅續集》第十八回裡，男主角鄭玉卿和妓女銀瓶當著月亮所立的誓約：「銀瓶說：『你既有實心，和你月下賭誓。』於是推開樓窗，雙雙跪倒道：『月光菩薩，我兩人有一個負心的，就死（在）千刀萬箭之下。』」可是如今情人卻音訊杳然，留下自己一人飽嘗孤寂相思之苦，自不免向當初作見證的月亮抱怨了。明朝時一首無名氏寫的「掛枝兒」詞「悶來時獨自在月光下」就是刻畫這種情景的代表作：

悶來時獨自在月光下，想我親親想我的冤家。月光的菩薩，你與我鑒察：我待他的真情，我待他的真情，哥，他待我的假。

明朝時另一首無名氏寫的「掛枝兒」俗曲「拜月」，也是描寫痴情男子向月亮埋怨自己形單影隻的作品，月亮的回答卻十分妙：

焚炷香，等待那瑤台月上，對嫦娥深深拜。告訴我的凄涼，可憐見小書生沒個人相伴。嫦娥開言道：讀書人不忖量，你訴你的凄涼也，教我的凄涼對誰講？

看來，連月亮都有陰晴圓缺，不能夠常保團圓，連嫦娥都要長嘆凄涼，人又何能時時刻刻與愛人廝守、永不分離呢？應對之道，也眞只有如蘇東坡說的「但願人長久，千里共嬋娟」了。

（民國八十二年九月號　仕女雜誌）

九・雨天裡的愛情

這是一樁很奇妙的事情——一個再拙於筆墨的人在談戀愛時都會變成詩人，熾熱濃烈的靈感如噴泉岩漿般狂恣地湧出，凝結成瑰麗動人的情詩，以便把愛人的鐵石心腸熔化；可是等戀愛過後，大多數人就再也不會寫詩了。

這是另一樁很奇妙的事情——一個再古板無趣的人在碰到雨天時都會變成情人，忍不住會敞開枯澀塵封的心扉，渴盼浪漫一下，好好讓愛情之雨任意地澆淋一場；可是等雨停之後，讓人怦然心動的愛情也悄然消逝了。

雨天神奇地造就了無數滿懷詩意的戀人，譜寫下多少無中生有、不可思議到頭來卻又杳不可尋、空留悵惘的愛情故事。

巫山雲雨

戰國時代，楚懷王（西元前三二八年至二九九年在位）曾到一座名叫「高唐」的臺觀遊玩，因爲旅途疲憊，白天就在臺觀的行宮裡睡覺休息。他夢見一個美麗的女子對他說：「我是巫山女子，來到高唐作客，聽說君王來此遊玩，我願與您同枕共寢。」楚懷王在夢裡就和巫山之女有了肌膚之親。巫山女子臨走之前，依依不捨地告訴楚懷王說：「我住在巫山的南邊，因爲有高山阻擋，早晨是雲彩，晚上就下雨。願我們能早早晚晚相聚在陽臺山之下。」楚懷王事後特地到四川巫山縣的陽臺山去觀看，果然朝有雲、暮有雨，和女子說的情景一樣，便派人在那兒蓋了一座朝雲廟，來紀念這段浪漫的愛情。

楚懷王與巫山神女的愛欲關係眞耶？幻耶？誰知道呢？可是這個浪漫的故事流傳到後世，人們便用「朝雲暮雨」來比喻情人的幽會，用「雲雨巫山」來形容男女的做愛。

把雲雨和性愛聯想到一起，其實是中國人古老的觀念。在《易經》裡已有「天地絪緼，萬物化醇；男女構精，萬物化生。」的說法，說明了我們的老祖宗認爲天是陽、地是陰，只有當天氣和地氣循環交流而下起雨來時，萬物才得以欣欣向榮，蓬勃繁殖，雨水則是天地交泰的具體表徵；人要效法天地交泰、陰陽交合之道，經常維持男女的性愛生活，才能延續種族生命，萬世不絕。

清朝時，雲南一帶流傳著一首民歌說：

哥是天上一條龍，妹是地下花一叢；
龍不抬頭不下雨，雨不灑花花不紅。

用龍來比喻男陽、用花來比喻女陰，用下雨來比喻做愛，既合乎傳統的觀念、又合於自然的現象，眞是再貼切傳神不過的事了，難怪這首民歌至今還被人們當藝術歌曲而傳唱一時。

雨天的邂逅

在晴朗的日子裡，你是你，我是我，彼此不相干、也無瓜葛；可是下雨天裡就不一樣了；爲了躲雨、爲了借雨傘簑衣，陌生男女可以開口搭訕，愛情便像綿密的雨絲，把兩個寂寞渴盼的心靈緊緊地裹在一起。

民初時，一首流傳於湖南的民歌是個很好的例子：

大雨不落毛雨稀，郎與姐姐借簑衣；
奴的郎，簑衣堂屋自己取，
吃茶壺裡自己篩，若要敍敍進房來。

好幾年前，洪榮宏唱紅的一首台語歌曲「一支小雨傘」說得更率直眞切：

咱倆人，
做陣執著一支小雨傘，
雨愈大，
我來照顧你呀你來照顧我。
……

是雨，把人與人心裡的距離拉近了。可以共撐一把小雨傘，為什麼不可以共織一個愛情的美夢呢？

以南宋杭州西湖為背景的民間傳說「白蛇傳」，就是一個藉雨為媒的愛情故事。

白娘子攜小青下凡塵，準備報答許仙救命之恩。她在西湖畔遇見許仙，彼此情投意合、愛苗暗滋。可是，要怎樣開口搭訕才正當自然而不顯輕佻放蕩呢？這個沒有標準答案卻必須立刻解決的難題，亙古以來就困擾著每一個對陌生異性一見鍾情的人。

眼看許仙已跳上小船，準備離開江岸了，白娘子靈機一動，暗中作法召來一陣寒風驟雨，把自己和小青淋成一副落湯雞的可憐模樣，站在岸邊著急地喚小船避雨。結果好心的許仙忙喚梢公把船靠攏岸邊，讓白娘子和小青上船躲雨，順路送她倆一程；臨去之際，又把雨傘借給白娘子和小青，免得淋雨回去。

因爲借傘，白娘子告訴了許仙自己的住址。第二天，許仙便名正言順地到白娘子家中取傘，終於譜成了一段纏綿恩愛的人蛇之戀。只可惜，這段在雨天裡萌芽的愛情，最後的結局是個未能白首偕老的悲劇。

另一則藉雨爲媒的愛情故事發生在清朝中葉。

清朝中葉時潮州有個聰明美麗的妓女名叫濮小姑，她性屬溫和、潔身自好，又兼擅琴棋書畫、詩詞歌舞，因此聲名大噪，被稱爲「花魁娘子」。潮州妓女以昂首闊腹縮尾、前後五艙的六篷船爲家，稱爲「艇妓」，一時才子名流凡有雅集，必歡宴於濮小姑之花艇中，視她爲詩壇之主。

有一回，杭州吳頡雲南下潮州校試，正好上了濮小姑的船。小姑見吳某一表人才，不禁芳心暗許，可是吳頡雲卻流水無情，嚴諭手下不准讓妓女進來。濮小姑雖然愛慕吳頡雲，但對方是學使之尊，不敢抱衾薦枕，一連過了好幾天，她都沒有辦法接近吳某。

一天傍晚，船停在齊昌江口，忽然密雨如注，嘩嘩啦啦地下個不停。濮小姑見大雨不止，高興地說：「眞是天助我也。」便要鴇母設筵，把吳頡雲的僕從全都醉倒，移到鄰近的另一條船上，再吩咐撐篙的水手在吳某睡覺的地方，從船頂捅漏幾個不大不小的洞，結果到三更半夜時，吳頡雲被淋濕凍醒了。吳頡雲大喊了半天，僕人沒來，穿著豔紅兜肚、薄紗睡衣的濮小姑卻挑著燈籠來了。濮小姑瞟了吳頡雲一眼，嫣然媚笑地請他移尊就駕到船尾的小榻就寢。吳頡雲就不由自主地跟濮小姑去船尾雲雨巫山、共效于飛之樂了。

濮小姑雖然借雨爲媒，與吳頡雲結下歡緣，可是這段愛情卻沒有結果；因爲當時潮州船妓都是蜑戶女郎，蜑戶只有麥、濮、蘇、吳、何、顧、曾七姓，以舟爲家，被朝廷和社會大衆視爲墮民，不許他們上岸，也不與他們通婚，七姓人家只好互相配偶。連一般人都不屑與蜑戶通婚了，又何況堂堂的學使大人呢？吳頡雲校試完畢後打算動身北返杭州時，濮小姑表示願意脫籍隨行，長侍左右。吳頡雲殷勤慰諭加以勸阻，又親自在扇面上題了一首詩送給小姑，來紀念這段露水姻緣：

輕衫薄鬢雅相宜，檀板低敲唱竹枝；
好似曲江春宴後，月明初見鄭都知。
折柳河干共黯然，分襟恰值暮秋天；
碧山一自送人去，十日篷窗便百年。

當代著名導演 Zalman King 的電影「紅鞋日記」第二集（Red Shoe Diaries II，此間譯作「愛欲關係」）裡，刻畫了三段現代男女的愛情故事，第一個故事「安全性事」（Safe Sex）也是陌生男女藉雨爲媒所譜寫的羅曼史。

女主角（由美麗的 Joan Severance 飾演）是個三十歲的單身貴族，因爲讓愛情傷過幾次心，就對感情之事格外小心，把全副精神都放在工作上，過著寂寞卻安全的日子。

那天十三號星期五，一切事情都糟透了，股票大跌了六十五點，她的車子又壞了，快下班時忽然下起一場大雨，她的雨衣又被人偷了，只好頂著小皮包站在路邊攔計程車。可是下班的時刻交通大亂，她把全身都淋濕了還叫不到一輛計程車。忽然有輛已載了一名乘客的計程車在她身邊停下，坐在裡面的男子（由英俊的 Steven Bauer 飾演）好心地表示要載她一程。雨那樣嘩啦啦地下著，她考慮再三，終於上車了。

男子見她牙齒打哆嗦，要司機開暖氣，司機說車子暖氣壞了。男子脫下自己的外套，要女孩披上，還舉起外套替她遮著，要她先把濕的外衣脫下，以免感冒。女孩猶豫了一會兒，還是照著做了。

車先到男子的家，他邀她上去喝一碗熱湯，把濕衣服烘乾再走。說只喝一碗熱湯，他的僕人燒的菜湯很好喝。

也許是他誠懇的眼神、也許是她孤單太久了，拒絕了半天，她還是跟這個陌生男人上樓，進入他佈置華麗高雅的單身公寓裡。

他倒一杯酒給她取暖，而後斯文卻又熱情地吻她，告訴她只要她說停，他就停。他吻到一半時，她忽然掙脫他的擁抱，大聲喊停。在他錯愕不解的凝視下，她開始自己脫衣服。

做愛之後，她匆忙地穿回衣服，匆忙地要走。他攔住她，懇請她再來，來這裡和他做愛，彼此不談戀愛，做完後她就走，誰也不探問對方什麼。

他們就每周二、四見面做愛，維持著不要承諾、不要將來、不用說謊、不用認識的安全的性關係。可是一段時間之後，這樣的關係還是變質了，因爲做愛相處，雙方不知不覺會把感情放進去，要知道對方的底細和心意，要彼此擁有……，人世間是沒有安全的性事的，他們不可能永遠遵守當初的遊戲規則。當遊戲規則被一方破壞時，這樣的交往就只有結束一途了……。

雨天的約會

雨天的邂逅常是先甜後苦、有始無終，雨天的約會則充滿了另一種纏綿淒美的情調。

春秋時代，山東魯國有個人名叫尾生，和女朋友相約在藍橋下幽會。尾生按約來到橋下，女孩子卻還沒來，他便耐心地蹲在橋肚子下面等待著。

忽然天色陰暗下來，下起了傾盆大雨。尾生仍蹲在橋肚下，一邊躲雨、一邊耐心地等候著。

河水漸漸漲了上來，愈漲愈高。尾生不肯離開，雙手緊抱著橋柱，以免被河水沖走。

水愈漲愈高，尾生仍不肯失約離開，河水終於漲過了橋底、漫上橋面，把抱著橋柱不放的尾生淹死了。

《莊子・盜跖篇》裡這個感人的愛情故事總讓後人嘆息再三。尾生為什麼那麼「傻」呢？儘管約好了在橋肚下幽會，為什麼不能臨時變通一下擅自改在河堤上呢？人死不能復生，那樣的誠信只不過讓愛情空留憾恨罷了，怎麼再去約會戀愛呢？那個落單的女孩怎麼辦呢？

尾生不管，不歇止的大雨讓他做了一個浪漫的決定……對不朽愛情的忠貞不渝比短暫的生命更可貴。

也是雨天的約會。清朝《霓裳續譜》書上有一首「寄生草」雜曲，描寫一位在家裡等待情郎赴約的女子，站在樓上望著外頭忽然刮起的風雨，心裡頭焦急萬分：

細細的雨兒濛濛濛淞淞的下，悠悠的風兒陣陣陣的刮。樓兒下，有個人兒說些風風風流流的話。我只當情人，不由得口兒裡低低低聲聲的罵。細看他，卻原來不是標標標緻緻的他，唬得我不由得心中慌慌慌張張的怕，嚇得我不由得慌慌慌張張的怕。

也是雨天的約會。沈從文的小說「雨后」描寫在山裡摘蕨菜的年輕男子四狗和他的情人雨後在草棚下做愛的故事。

大雨來得快也去得快，太陽又出來了，草棚下躲雨的採蕨女孩因爲深知青春會像飛一樣的逝去，就像一首山歌所說的：「十七十八小姑娘，風吹羅裙桂花香。順水人情妳不做，桂花能有幾時香？」於是，她誘導著有些憨嫩的四狗，誘導他在她身上使壞。小說後半段這樣描寫道：

……到后他想到另外一個事情，要她把舌子讓他咬。頑皮的章法，是四狗以外的別一個也想不出，不是四狗她也不會照辦。

「四狗你真壞，跟誰學到這個？」

四狗不答，仍然吮，那麼饞嘴，那麼粘糍，活像一隻叭兒狗。

「四狗……你去好了。」

「我去，妳一個人在這裡呆成？」

她卻笑，望四狗，身子只是那麼找不到安置處，想同四狗變成一個人。

她把眼閉著，還是說：「四狗，你去了吧。」

四狗要走，可也得呆一會兒。

他看她著急。這是有經驗的，他仍然不鬆不緊的在她面前纏，則結果她將承認四狗在她面前放肆是必要的一件事。四狗「壞」，至少在這件事上是壞的，然而這是有縱容四狗壞的人在，不應當由四狗一人負責。

「我讓你擺布，四狗可是，你讓我……」

一切照辦，四狗到后被問到究竟給了她多少，可胡塗得紅臉了。頭上是藍紛紛海樣的天，壓下來，然而有蓆棚擋駕，不怕被天壓死。女人說：「四狗，你把我壓死了吧！」也像有這樣存心，到后可同天一樣，作被蓋的東西總不是壓得人死的。

四狗得了些什麼，不能說明。他得了她所給他的快活。然而快活是用升可以量還是用秤可以稱的東西呢？他又不知道了。她也得了些，她得的更不是通常四狗解釋的「快樂」兩字。四狗給她一些氣力、一些強硬、一些溫柔，她用這些東西把自己陶醉，醉到不知人事。

一個年輕女人，得到男子的好處，不是言語或文字可以解說的，所以她不作聲。仰天望，望得是四狗的大鼻子同一口白牙齒。然而這是放肆過后的事了。

「四狗，不許到井邊吃那個冷水！」

在草棚的她向下山的四狗遥喊時，四狗已走到竹子林中，被竹子攔了她的眼睛了。

天氣還早，不是燒夜火時候。雨不落了，她還是躺著，也不去採蕨菜。

沈從文不愧是大家，生動地刻劃出雨後山中一段稚嫩純樸的愛情，年輕女孩甚而連名字也沒有留下，卻給人難以忘懷的鮮明印象。他倆最後有沒有好到一起？除了沈從文之外，沒有任何人知道。

雨中別離

「黯然銷魂者，惟別而已矣。」情人在雨中別離，就更依依不捨、惆悵滿懷了。

清人王廷紹編的《霓裳續譜》裡，有一首「剪靛花」雜曲，描寫一對有情人在雨中別離的情景說：

送郎送在大路西，手拉著手捨不得，懶怠分離。老天下大雨。左手與郎撐起傘，右手與他拽拽衣，恐怕濺上泥，誰來與你洗。身上冷，多穿幾件衣。在外的人兒要小心，誰來疼顧你？哪一個照看你？

像雨滴綿密灑落在傘頂那般饒舌地殷殷叮嚀，只不過捨不得分手罷了；可是「怨憎會，愛別離」又有幾人能免呢？

雨夜相思

雨夜常讓人惦記起遠方的情人，惦記起被時空阻隔的愛情，雨水讓情人的心靈更纖細脆弱、多愁善感。

晚唐詩人李商隱被貶官巴蜀、任職東川節度使柳仲郢幕中時，在一個下雨的夜晚思念起故鄉的妻子，寫了一首感人肺腑的詩「夜雨寄內」：

君問歸期未有期，
巴山夜雨漲秋池。
何當共剪西窗燭，
卻話巴山夜雨時。

一樣的雨夜，一樣的相思，明朝馮夢龍輯的「掛枝兒」俗曲中，有兩首「雨」這樣寫道：

雨兒雨兒你偏向愁人滴，一點點滴得我好不孤淒。銀燈懶滅和衣睡。雨呀，你便不住在檐頭下溜。我的淚珠兒也不住在枕上垂，同滴到天明，還是淚珠兒多是雨？

到黃昏獨自個只有孤燈爲伴，聽雨聲兒一點點隨淚珠雙懸，那風聲兒一陣陣間著千聲長嘆。此際空閨人寂寞，教奴轉聽轉心酸。問天有甚麼關情也，滴這相思淚萬點？

陽明山往北投去的那條公路很美，經常籠罩在斜風細雨裡，深秋時兩旁凍紅的槭葉漫天飛舞，如詩如畫。和情人合撐一把小傘，相擁著慢慢往山下走，總以爲可以一直走下去，直到盡頭彼端永恆幸福的愛情國度……。

那是多麼久遠以前的故事了？卻依舊和歲月的刻痕一般清晰、如夢境一般的眞實。

沐浴在斜風細雨裡的那條山路還在，可是共撐一把小花傘的情人呢？

（寫於民國八十二年十月十五日風雨之夜）

十・情以酒為媒

世上的人大致可分兩種，一種是喝酒的、一種不喝酒。如果一對戀人恰巧都會喝酒、都喜歡喝酒，不管他們是淺酌即止或每飲必醉，他倆的愛情都會因酒精的揮發鼓舞而變得更羅曼蒂克、多采多姿。是酒，把愛情點染得纏綿悱惻、感人肺腑；是酒，把愛情昇華到超凡入聖、千古不朽的境地。

五代十國時，南唐詞人馮延巳有一年春天與愛人歡飲，他的愛人每乾一杯之後就開懷地唱一首歌，也不知乾了幾杯、唱了幾曲，終於忍不住把埋藏心底的三個願望都吐露出來，告訴了馮延巳。這三個願望是那樣情深意摯，不禁深深地感動了馮延巳，便把這件事用一首小詞記了下來，詞牌名「長命女」，詞這樣寫道：

春日宴，綠酒一杯歌一遍，再拜陳三願：一願郎君千歲，二願妾身長健，三願如同梁上燕，歲歲長相見。

千載以後，這位無名女子酒後傾吐的心聲，仍深深地感動著每一個陶醉在愛情裡的戀人，因爲她的三個願望是他們共同的心聲。

情人在一塊兒喝酒，有許多不同的喝法可以增添浪漫的氣氛，「綠酒一杯歌一遍」只不過是方法之一罷了。可以划拳猜枚，輸的人喝；可以在花前月下、斗室燭光裡靜靜地喝；可以你一口、我一口地共飲一杯酒，更可以讓情人把酒含在口裡，哺給自己喝。

你知道誰是中國歷史上第一個發明以口哺酒餵給情人這種香艷的喝法嗎？告訴你吧，是潘金蓮。明刊《金瓶梅詞話》第十九回裡就有這樣的一段描寫：

不一時，（丫鬟）春梅篩上酒來，（西門慶與潘金蓮）兩個一遞一口兒飲酒咂舌，咂的舌兒一片聲響。婦人一面撩起裙子，坐在（西門慶）身上，噙酒哺在他口裡……。

眞虧潘金蓮想得出來，把酒與愛情做這樣緊密、這樣完美的結合。

中國人有句古話說「酒是色媒人」，這句話說得頗有幾分道理。因爲大腦的皮質是負責抑制人們興奮激動的情緒，使人保持冷靜、謹慎、謙虛、自制，當喝酒之後，血中酒精濃度達百分之零點一至零點二（約紹興酒半瓶至一瓶半的量）時，酒精開始抑制大腦的皮質功能，也就是喝了酒之後，人變得不能冷靜謹慎、謙虛自制了，於是平素內向害羞、沉默膽怯的人，忽然就變成了活潑大膽、興奮饒舌的人，往昔埋藏在心、不敢說的話，酒後就敢說了；往昔克制再三、不敢做的事，酒後就敢做了；往昔不敢吐露的愛情、不敢追求的愛人，酒後也敢追了，難怪古往今來許多的愛情故事都與酒有關。

色誘武松全靠酒精

一提起酒精催化的愛情故事，不禁又讓人想起潘金蓮來。

潘金蓮是個容貌美艷、風姿綽約的女人，又兼聰明乖巧、擅於內媚，無論在古今中外，她都應該嫁個英俊瀟灑、多情識趣又兼家財萬貫的男人，才不枉費上帝創造這等尤物所花的苦心。可惜她生來歹命，在大戶人家當丫鬟，因爲不肯屈就年過半百的男主人的性騷擾，被遣嫁給又矮又醜、人稱「三寸丁」、「穀樹皮」的武大郎（這是《水滸傳》的說法，《金瓶梅詞話》則說潘金蓮被男主人逼姦得逞，女主人撚酸吃醋，故意把她嫁給武大郎）。好強爭勝的潘金蓮心中有多少懊惱不快，無處傾吐。後來武大的弟弟武松轉回家，潘金蓮對身長八尺、相貌堂堂、渾身上下有千百斤力氣的打虎英雄武松，情不自禁地滋生了愛苗，也是極自然、極合情合理的事。至於武松是不是她的小叔，這樣的愛情是否合乎倫常，命運乖舛的潘金蓮也就無暇顧及了。

怎樣讓武松把他那一身千百斤的力氣用到自己身上來呢？潘金蓮私下不曉得在心頭盤算了多少回。最後她終於想到「酒是色媒人」這句古話，想要借酒壯膽、借酒撩情，一償她對愛情的極度渴求。

潘金蓮趁丈夫白天不在家、出門賣炊餅的空檔，在房裡安排好酒肉菜肴，痴痴地立在簾下，望著漫天飛舞的雪花，專等武松去縣衙裡畫卯歸來。

一直等到過了晌午，好不容易才把武松盼回來。潘金蓮笑著噓寒問暖，迎他進房烤火，又把前後門都栓上，端出了酒菜與武松一塊兒吃。武松要等哥哥回來，潘金蓮說武大回來得晚，不必等，邊說邊篩酒給武松喝。武松連喝了兩杯，也篩了一杯酒回敬給嫂子，潘金蓮也接過酒來喝了。

《水滸傳》第二十三回裡，說潘金蓮和武松邊喝邊聊，酥胸微露、雲鬢半斜的潘金蓮，在三杯酒落肚、鬨動春心後，那裡按納得住？「卻篩一杯酒來，自呷了一口，剩下大半盞，看著武松道：『你若有心，喫我這半盞兒殘酒。』……」潘金蓮在喝了幾杯酒後鼓起勇氣向武松示愛，武松卻不領情，劈手奪過酒盞，把酒潑在地上，說道：「嫂嫂！休要恁地不識羞恥！」這樁以酒爲媒的不倫之戀就此告吹了。

潘金蓮後來又與陽穀縣財主西門慶不期而遇，西門慶對潘金蓮一見鍾情，央求住潘金蓮隔壁的王婆作媒。王婆假借央請潘金蓮代縫壽衣爲名，把她請到家中，與西門慶相會，又安排酒筵，製造氣氛，再託辭離席，讓這對有情人獨處一室，在酒精的鼓舞刺激下，終於得償心願共赴巫山，結下了風流孽緣。

明代風流短篇小說集《歡喜冤家》裡，以酒壯膽、藉酒亂性的愛情故事也隨處可見。如第一回「花二娘巧智認情郎　吳千里兩世諧佳麗」，故事說松江華亭縣有個書生名叫花林，娶妻徐氏貌美如花；花林交友不慎，認識了浮浪光棍李二白、任龍，三人結拜兄弟，依年齡李二白做了老大、花林老二、任龍老三，一夥經常花天酒地、鬼混度日。花林也常要老婆準備酒肴，在自己家裡招待他的結拜兄弟。

李二白愛慕花林妻子徐氏，常用眉目傳情，徐氏嫌李二白粗俗，並不理他；任龍年輕英俊，舉止風流，徐氏倒對他有些意思，常將笑臉迎他。

有一天，花林在家請兄弟們喝酒聊天，也是酒能亂性、也是情緣湊巧，任龍竟得以和徐氏偷情幽歡。書上說：「一日花二（花林）在家買了些酒肴，著（吩咐）妻子廚下安排，自己同李（二白）、任（龍）在外廂吃酒。談話中間酒覺寒了，任三（任龍）道：

『酒冷了，我去煖了拿來。』

即便收了冷酒，竟至廚下取火來煖。

不想花二娘（徐氏）私房吃了幾杯酒，那臉兒如雪映紅梅，坐在灶下炊火煮魚。三官（任龍）要取火煖酒，見二娘坐在灶下不便，叫：

『二嫂，你可放開些，待我來取一火兒。』

花二娘心兒裡有些帶邪的了，聽著這話，佯疑起來，帶著笑罵道：

『小油花，什麼說話來討我便宜麼？』

任三官暗想道：這話無心說的到（倒）想邪了。便把二娘看一看，見她微微笑眼，臉帶微紅，一時間欲火起了，大著膽帶著笑，將身捱到凳上同坐。二娘把身子一讓，被三官並坐了，任三便將雙手去捧過臉來。二娘微微而笑，便回身摟抱，吐過舌尖，親了一下。任三道：

『二嫂，自從一見，想妳到今，不料妳這般有趣的，怎生與妳得一會，便死甘心。』

二娘道：

『何難？你既有心，可出去將二哥灌得大醉，你同李二白同去，我打發二哥睡了，你傍晚再來遂你之心，可麼？』

三官道：

『多感美情，只要開門等我，萬萬不可失信。』

二娘微笑點頭，連忙把酒換了一壺熱的，併煮魚拿到外廂，一齊又吃……。」

從前引的這段描述可知，酒對這段婚外情的發展，顯然發揮了重要的催化作用。

小酌可以製造羅曼蒂克的心境，把愛情燃燒得更熾熱，如果喝得太多、喝到神智不清、醉態畢露時，那可就弄巧成拙、與愛情毫無瓜葛了。

明朝馮夢龍輯集的俗曲集《掛枝兒》裡，有一首「醉歸」，就說痴情女等門等到三更半夜，才等到丈夫回來，可是丈夫喝得醉醺醺的，什麼事情也不能做、什麼心思也不用想了。這首俗曲是這樣寫的：

俏冤家夜深歸，吃得爛醉。似這般倒著頭和衣睡，何似不歸？枉了奴對孤燈守了三更多天氣。仔細想一想，他醉的時節稀，就是抱了爛醉的冤家也，強似獨臥在孤衾裡。

馮夢龍輯的另一首「掛枝兒」題名「罵杜康」，則描寫情人醉酒而來，險些與丈夫相遇、釀成大禍：

俏娘兒指定了杜康罵，你因何造下酒，醉倒我冤家。進門來一跤跌在奴懷下，那管人瞧見，幸遇我丈夫不在家。好色貪杯的冤家也，把性命兒當作耍。

都可見酒喝多了，就再也羅曼蒂克不起來了。

情人幽會時喝酒助興，分手時也常借酒消愁，這樣的酒就更容易讓人喝醉了。

北宋詞人柳永因爲仕途蹇阻，便寄情於舞台歌榭、秦樓楚館，結識了許多紅粉知已，爲她們譜寫了無數感人肺腑、千古傳誦的詞。可是柳永的生活漂泊不定，經常被迫與戀人分離，分手時吞下苦酒滿杯的情景，也一再出現在他的詞裡。像一首「雨霖鈴」說：

寒蟬淒切，對長亭晚，驟雨初歇。都門帳飲無緒。留戀處，蘭舟催發。執手相看淚眼，竟無語凝噎。念去去，千里煙波，暮靄沉沉楚天闊。　多情自古傷離別，更那堪冷落清秋節！今宵酒醒何處？楊柳岸，曉風殘月。此去經年，應是良辰好景虛設。便縱有千種風情，更與何人說？

起首三句點明了時序場景，說晚秋雨後黃昏時，柳永的戀人在汴京城門外長亭邊搭起帳篷，爲他置酒餞行，柳永卻因離別即在而無心暢飲。觥籌交錯之中襯映著的只是一對情侶互道珍重的淚眼。喝醉可以暫免與情人分離的痛苦煎熬，等今宵酒醉醒來時，天已破曉，殘月當空，岸邊的楊柳枝條在晨風中搖曳，那份淒涼孤獨又如何排遣呢？

是酒，氾濫了離情別緒，使一對戀人的分別更淒惋哀怨、摧人肝腸。

酒讓分別更淒苦，酒也讓相思更無奈。

北宋詞人晏殊有一年重陽節和情人一同賞菊歡飲，把菊花芬芳的花瓣放入酒中，以菊酒共祝天長地久此情不渝，情人還愛嬌地把菊花插在鬢邊；哪知事隔一年，晏殊又目睹東籬的菊花盛開時，昔日共譜戀曲的愛人卻已不在身邊，他特地舉著酒杯重尋舊徑，卻再也追不回昔日的戀情了。

滿懷惆悵的晏殊喝乾了相思的苦酒，寫下千古不朽的這首「破陣子」：

憶得去年今日，黃花已滿東籬，曾與玉人臨小檻，共折香英泛酒卮，長條插鬢垂。人貌不應遷換，珍叢又睹芳菲，重把一尊尋舊徑，可惜光陰去似飛，風飄露冷時。

你有多久沒和老情人一塊兒喝酒聊天了？你就這樣不解風情地安排生活、蹧蹋生命嗎？這等既對不起美酒、更對不起愛情的冷漠到頭來只不過給自己增加追悔的素材罷了。快拿起電話，給老情人一個驚喜，偷閒小聚一番，把盞重溫那愛情的美好滋味吧！

（民國八十二年十月號　仕女雜誌）

十一・歲月裡的愛情

從古到今，人人都知道愛情是什麼，人人也都談過戀愛，嘗過愛情的滋味。愛情是從內心泉湧而出的一股付出的欲望，希望自己所愛的人因自己的關懷和付出而生活得更愉快。爲了能夠不斷地付出關懷，享受愉悅，兩人需要長相廝守，從而衍生出了婚姻制度。

愛情雖然是天地間最普遍、最尋常的一種生理現象，可是因環境的不同，際遇的不同，每個人的愛情故事自然也就不盡相同。打開典籍史册，幾千年的歲月裡，曾陸續積貯留存了許多別緻的、奇特的、感人的愛情故事，綴寫出來，獻給依舊活在愛情裡的人。

晉朝人石崇出任交趾採訪使，路過廣西博白時，遇見了活潑美麗、擅長歌舞吹笛的少女綠珠；石崇一見鍾情，便用三斛珍珠爲聘禮，娶綠珠爲妾，帶她一同北歸。

石崇是天下聞名的大富翁，在河南洛陽有座別墅，名叫「金谷園」；園中原已美女如雲，但是綠珠一到以後，其他的美女都黯然失色了。石崇也精於音律，又擅長文詞，和綠珠過著連神仙也羨慕的生活。

石崇很好客，常在金谷園中招待當時的達官貴人；大家看到美麗的綠珠，都發出了讚美之聲。賓客中有一人名叫孫秀，是趙王司馬倫的親信，愛慕綠珠竟到了廢寢忘食的地步，便派人向石崇婉索，要石崇把綠珠讓給他。

石崇不肯，孫秀便在趙王司馬倫面前說石崇的壞話。司馬倫很生氣，便命孫秀領兵去逮捕石崇。官兵來時，石崇和綠珠正在金谷園樓上飲酒。石崇臨走時，對綠珠說：「我因爲愛妳而得罪了孫秀，大禍難逃。」

綠珠哭著說：「君既因爲愛我而獲罪，我願一死以爲報答。」立刻跳樓自殺了。

石崇和綠珠都是爲愛而死、義無反顧的人。

隋末唐初，山東臨淄有個博學多才、十八歲就高中進士的讀書人，名叫房玄齡。房玄齡在年輕時生過一場重病，垂危之際，房玄齡對病榻前的妻子盧氏說：「我就快要死了，我死後，你還年輕，不要守寡，再另外找個好男人嫁了吧！」

盧氏聽後，嗚咽地跑進臥房，用剪子戳瞎了一隻眼睛，再出來見丈夫，以示自己誓不再嫁。後來房玄齡病好了，在唐太宗朝內擔任宰相，位極人臣，可說是既富且貴。但他始終對獨眼的妻子又敬又愛，終身不二色，連皇帝要送他小老婆都堅持拒絕呢！

唐玄宗的哥哥寧王李憲，家中有寵姬數十人，個個色藝雙全，可是李憲還不滿足，常常打其他漂亮女人的主意。

有一天，李憲看到住家附近一家賣餅店的老闆娘，又年輕、又美麗，一見鍾情的李憲拿了一大筆錢給餅店老闆，強迫他把妻子休了，自己再娶回王府，日夜恩愛，寵惜無比。

過了整整一年，寧王李憲問她說：「妳還想念妳那賣餅的前夫嗎？」賣餅妻默然不語。

寧王見此情形，便叫人把餅店老闆找來。她見了前夫，不覺熱淚盈眶。當時在座的有十幾位客人，都是文壇知名之士，見此情景也覺得很感傷。

寧王請賓客們以此爲題作一首詩。過了不久，王維的詩先寫好，詩這樣寫道：「莫以今時寵，寧忘舊日恩？看花滿目淚，不共楚王言。」詩極佳，還用了春秋時代楚文王強娶息夫人，息夫人始終不開口跟楚文王說話的典故。衆人讚嘆不止，沒有人敢繼續尚未寫完的詩。寧王也很感動，便又把那位美麗的婦人還給餅店老闆了。

有情人再成眷屬，也是件難得的事。

唐德宗貞元年間，張建封擔任徐州刺史，張刺史風流多才，不但廣蓄歌姬，還親自教她們歌舞的技巧。在張某歌姬當中，有一人名叫關盼盼，她既通詩書、又善歌舞，極受張建封的寵幸，終於成了張刺史的愛妾。

當時大詩人白居易擔任校書郎，遊於淮泗間，在路過徐州時，張建封特地設筵款待，且命盼盼勸酒。

白居易見關盼盼皓齒星眸，麗質天生，便立即寫詩相贈，當中有「醉態勝不得，風嫋牡丹花」之句，可見她長得多麼美艷而動人。

後來張建封死了，家中歌姬風流雲散，只有盼盼爲了報答他對她的殊寵，不肯改嫁，獨自住在張建封的舊宅燕子樓中，抱節守志。

白居易當時在長安任太子舍人之官，聽說關盼盼住在燕子樓中，並沒有爲亡夫殉情，便寫了一首詩譏諷此事：「黃金不惜買蛾眉，揀得如花三兩枝；歌舞教成心力盡，一朝身去不相隨。」

關盼盼讀了白某的詩後，哭著說：「張公死後，妾不是怕死貪生，只因顧慮旁人物議，說張公貪戀女色，不然怎會有個美麗的姬妾爲他殉情，才忍辱偷生，不敢殉情。」而後照著白居易的詩韻和了一首寄回道：「自守空房恨斂眉，形同春後牡丹枝；舍人不解儂心意，訝道泉台不相隨。」爲了表示心志，關盼盼遂絕食而死，爲亡夫殉情了。

宋人陳壽聘某氏爲妻，還未迎娶進門，陳壽卻得了痲瘋病。由於這是一種會傳染而又無藥可救的疾病，陳壽的父親便找來媒人，要她到女方家取消這門婚事。陳壽的未婚妻堅持不肯，結果還是嫁到陳家來了。

陳壽因爲自己身患會傳染的重病，不叫妻子接近自己。他妻子卻不避穢惡，恭謹細心地照料著丈夫。

過了三年，陳壽的病還是沒好，他怕拖累妻子，便悄悄去藥店買回一包砒霜，打算服毒自盡。

陳壽妻子知道後，偷偷把砒霜吃下一半，要與丈夫同歸於盡。那知陳壽吃下砒霜，不但沒死，癩疾居然也好了；而他妻子吃下砒霜後，只大吐了一場，也沒死掉。

兩人歷此折磨之後，感情更好，從此甜甜蜜蜜地過著幸福的生活。

宋人范仲胤在相州（今河南省安陽縣）任職，久久未曾返家。故鄉的妻子思念不已，填了一闋「伊川令」詞，託人帶給丈夫。詞云：「西風昨夜穿簾幕，閨院添蕭索，最是梧桐零落。迤邐春光過去，人情音信難託。教奴獨守空房，淚珠與燈花共落。」

范某接到夫人的來信，拆開一看，見她把「伊川令」詞牌名誤寫作「尹川令」，便填了一闋「南鄉子」詞寄回；詞云：「頓首啓情人：即日恭維問好音，接得綠箋詞一闋，堪驚！提起新詞客恨生。輾轉意多情，寄與音書不志誠。不寫『伊川』題『尹』字，無心？料想『伊』家不要『人』！」

范某妻子接到丈夫回信，立刻又填了一首「字子雙」詞寄去，詞云：「閒將小書作『尹』字，情人不解其中意；共伊間別幾時多，身邊少個人兒睡。」

范仲胤再接到家書，不禁大笑，立刻束裝返鄉，與妻子團聚恩愛去了。

元人趙孟頫，以善畫馳名海內，官拜翰林院侍讀學士，夫人管道昇，也是個才慧雙全的女子，在耳濡目染之下，也能畫出很好的墨竹來，夫妻倆志同道合，感情篤厚，讓人羨慕萬分。

當時做官的人流行娶小老婆，趙孟頫官做得很大，卻只有一位髮妻，同僚都慫恿他討小老婆，趙孟頫聽多了，也不免心動起來。

這天，趙孟頫填了一闋詞，向管夫人探問口風。詞云：「我爲學士，爾爲夫人，豈不聞陶學士有桃葉桃根，蘇學士有朝雲暮雲。我便多娶幾個吳姬越女無過份，你年已四旬，祇管佔住玉堂春。」

管道昇見了，也塡製一首詞，向丈夫示意：「你儂我儂，忒煞情多，情多處，熱如火。把一塊泥，捻一個你，塑一個我，將咱兩個一齊打破，重新下水，再摶再鍊再調和。再捻一個你，再塑一個我，我身子裡有你，你身子裡有我，我與你生同一個衾，死同一個槨。」

管道昇這樣纏綿熾烈的愛情，終於讓趙孟頫取消了討小老婆的念頭。

（民國七十七年二月　皇冠雜誌）

十二・紅粉知己

古代中國有許多偉大的愛情故事，像帝舜和娥皇女英、項羽和虞姬、司馬相如和卓文君、焦仲卿和劉氏、徐德言和樂昌公主、陸放翁與唐氏、冒辟疆和董小宛等等，都十分曲折纏綿，賺人熱淚。

但是戀愛中的女人不見得就是她愛人的紅粉知己，這其中，似乎還多加了一點「慧眼識英雄」和「心有靈犀一點通」的味道。普天之下，聰明可愛、有靈氣的女子不在少數，但是她們未必就是你我的紅粉知己。知己是建立在一種「默契」上的，默契的出現，又需男人有些可供紅粉品味的特殊才氣作爲先決的條件。

男有才氣、女有靈氣，他們還得有緣碰到一塊兒，並且以心相許、彼此相愛，這是多麼不容易的一件事情啊！所以，古代中國偉大感人的愛情故事很多，關於紅粉知己的故事卻屈指可數。

以下就爲讀者細述幾則古代中國紅粉知己的故事。

紅拂女情奔李靖

隋朝末年，煬帝縱情聲色享受，宰相楊素在西京長安操掌政權，而天下紛擾，群雄四起。這一天，有個年輕人來見楊素，說有安邦定國之策要獻給宰相。楊素見來人姓李名靖，只是個無名小卒，心生輕視之意，便踞坐在胡床上見客。李靖長揖道：「天下方亂，英雄競起，公爲重臣，須以收羅豪傑爲心，不宜踞見賓客。」

楊素一聽，立刻斂容起身道歉。當時楊素妓妾羅列，當中有個執紅拂的女子，長得最漂亮，她那雙清澈而充滿靈氣的明眸一直盯著李靖瞧。李靖侃侃而談，楊素唯唯諾諾。李靖告辭而去，臨出門時，有個小吏悄悄喚住他，問他住在哪裡？李靖說了，小吏邊走邊覆誦往回走。

李靖回到客棧，睡到五更初時，忽然有人叩門，低聲喚他名字。李靖披衣而起，開門一看，只見是個穿紫衣戴紗帽的人，肩上還背了一個背囊。李靖問是誰，一個嬌滴滴的聲音傳來：「楊家紅拂妓也。」

李靖請她進來，紅拂女脫去衣帽向李靖拜禮，李靖慌忙答禮，問其來意。紅拂女說：「妾侍楊司空久，閱天下之人多矣，無如公者，故來相就耳。」

當時李靖只是一介布衣，紅拂女卻捨宰相不顧而來就他，自令李靖大感意外。李靖問：「楊司空如何？」

紅拂女答道：「彼屍居餘氣，不足畏也；諸妓知其無成，去者甚衆矣，彼亦不甚逐也。計之詳矣，幸無疑焉。」

李靖帶著送上門來的紅拂女避過風頭，乘馬排闥而去。後來李靖果然成了輔佐唐太宗李世民打天下、討平群雄的大英雄，更北破突厥、西克吐番，累官至衛國公；紅拂女可謂慧眼識英雄，可謂李靖之紅粉知己。紅拂女能不避艱險地把愛情付諸行動，毅然捨楊就李，這份勇氣和執著眞令人讚佩；她毫不考慮萬一被拒時的羞窘，不惜主動示愛追送上門，也顯示出紅拂女能知人也有自知之明，對自己的美麗充滿了信心。

東坡築堤憐朝雲

宋朝時，有三個紅粉知己的故事膾炙人口。

王朝雲字子霞，浙江杭州人，是宋代大詩人、大文豪和政治家蘇東坡的侍妾，從小聰明慧黠。每當蘇東坡在官場失意的時候，她總是千方百計地安慰他。

有一次，東坡作了一闋「蝶戀花」詞，令朝雲歌唱；詞云：「花褪殘紅青杏小，燕子飛時，綠水人家繞。枝上柳綿吹又少，天涯何處無芳草？牆裡鞦韆牆外道，牆外行人，牆裡佳人笑。笑漸不聞聲漸悄，多情卻被無情惱。」當朝雲唱至「天涯何處無芳草」一句時，觸動情思大哭起來，東坡安慰她說：「我正傷春，妳卻悲秋了。」

後來東坡因與王安石政見不合，被貶官至廣東惠州，衆侍妾家妓全都散去，只有朝雲一直跟到嶺外。朝雲身體不好，長年誦佛唸經，東坡曾有詩詠朝雲道：「不似楊枝別樂天，卻如通德伴伶玄；阿奴絡秀方同老，天女維摩忽解禪。經卷藥爐新活計，舞裙歌扇舊姻緣，丹成遂我三山去，不作巫陽雲雨仙。」王朝雲三十四歲就死了，臨終前，她口誦：「一切爲有法，如夢幻泡影，如露亦如電，應作如是觀。」而卒。

東坡感悼不已，將她葬於惠州豐湖（又稱西湖）大聖塔前孤山南麓竹林中，作詩悼云：「苗而不秀亦其天，不使童烏與我玄，駐景恨無千歲藥，贈行惟有小乘禪。傷心一念償前債，彈指三生斷後緣，歸臥竹根無遠近，夜燈勤禮塔中仙。」

朝雲死後，東坡常在夢中遇見她，只見她裙履盡溼，問她何以如此？她說：「妾每夕自孤山返家哺兒，須涉湖水故耳。」東坡痛憐不已，令人於湖中築堤以利其行，此即今日豐湖中的「蘇堤」。

王朝雲秀慧多情，始終如一，她不但愛東坡，更了解東坡，眞可謂蘇東坡之紅粉知己。

紅玉慧眼識小卒

蘄王韓世忠的夫人梁紅玉也是個慧眼識英雄的奇女子，起初韓世忠只是一名小兵，而梁紅玉則是京口的名妓。

有一次，梁紅玉五更入府伺候賀朔，忽然見廊柱下有一虎蹲臥，鼻息齁齁然，她驚駭走出，不敢對別人說。

過了一會兒，來的人多了，她跟大夥兒再進去，經過廊下一看，原來是一名小卒蹲在柱下打瞌睡。她用腳把小卒踢醒，問他的姓名，小卒說他叫韓世忠。梁紅玉回家密告鴇母，說韓世忠定非凡人，便邀世忠來家，以酒食款待，做長夜之歡，而後表示要嫁給他。韓世忠對此飛來艷福眞是喜出望外。

後來韓世忠屢克金兵，大敗金兀朮於長江焦山之黃天蕩，世忠駕戰船攻擊金人，梁紅玉親自站在船頭擊鼓以勵士氣，並在船桿上升起小燈球，以信號指揮進攻。金人大敗，兀朮僅以身免。世忠屯楚州時，紅玉織箔爲屋，與士卒同力役、共甘苦。世忠累官東京淮東宣撫處置使，梁紅玉也貴爲夫人，如非她慧眼識英雄，何能致此？

清照明誠不羨仙

李清照是宋朝南渡前後的著名詞人，也是中國文學史上偉大的女作家；她自號易安居士，祖籍山東濟南，父親李格非曾做過禮部員外郎，在北宋頗負文名，母親是王拱辰狀元的孫女，李清照的文學造詣是奠基於這樣一個書香世家。

李清照十八歲時嫁給了大她一歲的太學生趙明誠（字德甫），明誠的父親是當朝宰相趙挺之，小兩口婚後生活幸福愉快。

趙明誠博學多才，尤好書畫古董，李清照不但不嘀咕責怪丈夫亂花錢，還幫助丈夫整理校勘，夫唱婦隨，令人艷羨。清照在《金石錄》序中回憶這段甜蜜的生活說：「德甫在太學，每朔望謁告出，質衣取半千錢。步入相國寺，市碑文果碩歸。夫妻相對，展玩咀嚼，嘗謂葛天氏之民也。後二年從官，便有窮天下古文奇字之志，傳寫未見書，購名人書畫、古奇器。……及連守兩郡，謁俸外以事鉛槧。每獲一書，即校勘整齊籤題。得書畫彝鼎，摩玩舒卷。坐歸來堂烹茶，指堆積書史，言某某事在某書、在某卷、第幾頁、第幾行，以中否決勝負，爲飲茶先後。中則舉杯大笑，或至茶覆懷中，反不得飲而起。」這樣富於藝術情趣的生活，眞是令人稱羨。說清照是她丈夫趙明誠的紅粉知己，也不爲過吧。古今才女儘多，如漢之蔡琰、唐之薛濤、宋之朱淑眞，皆以遇人不淑，使自身靈慧之氣無由發揮，王朝雲、李清照跟她們比起來，眞是幸運得多了。

蔣坦秋芙心相印

清朝時，蔣坦（字藹卿）與關秋芙這對夫妻的「默契」也頗令人艷羨。

蔣坦是清中葉時錢塘的諸生，生稟異資，善文章，工書法，夫人關秋芙是他的表妹，兩人從小青梅竹馬，時常相叙。道光廿三年（西元一八四三年）閏秋，秋芙嫁到蔣家，共度了十一、二年恩愛的生活後，秋芙不幸生病死了。

在《秋鐙瑣憶》裡，蔣坦談到他與秋芙一起生活的情景，可見秋芙是個靈慧可人的女子，是她丈夫蔣坦的紅粉知己。如其中有一段說：「秋芙所種芭蕉，已葉大成蔭，蔭蔽簾幙。秋來雨風滴瀝，枕上聞之心與俱碎。一日，余戲題斷句葉上云：『是誰多事種芭蕉，早也瀟瀟，晚也瀟瀟。』明日見葉上續書數行云：『是君心緒太無聊，種了芭蕉，又怨芭蕉。』字畫柔媚，此秋芙戲筆也……。」

又一段說：「晚來聞絡緯聲，覺胸中大有秋氣。忽憶宋玉悲秋九辯，擊枕而讀。秋芙更衣閣中，良久不出，聞喚始來，眉間有愁色。余問其故，秋芙云：『悲莫悲兮生別離，何可使我聞之。』余慰之曰：『因緣離合，不可定論，余與子久皈覺王，誓無他趣，他日九蓮臺上，當不更結離恨緣，何作此無益之悲也……。』秋芙唯唯，然頰上粉痕已爲淚花汙溼矣，余亦不復卒讀。」

都可見蔣坦、秋芙是對璧合珠聯、心心相印的佳偶。

節婦難爲君知己

上面所舉的五個紅粉知己的故事，男女主角全都是夫妻，唯一例外的紅拂女看中了李靖，也毅然擺脫楊素侍妾的身分，要做李靖的妻子。紅粉知己難道就僅限於夫妻之間嗎？如果一個已婚女子，看上了丈夫以外的男人，欣賞他、了解他，怎麼辦？如果一個男人看上了別人的妻子，能跟她做心靈上的溝通，又怎麼辦？她能不能做他的紅粉知己呢？他們能不能做更進一步的交往呢？

唐人張籍有一首「節婦吟」，敘述一個有夫之婦遇到了一個令她心儀的男子，這個男子也對她愛慕不已；他相信她可以成爲自己的紅粉知己，進一步地追求她、送她禮物、向她示愛。可是她躑躅了，她怕別人的非議，說她不守婦道、紅杏出牆，於是她婉拒了這個千載難逢的心靈溝通的緣遇。「節婦吟」上說：「君知妾有夫，贈妾雙明珠，感君纏綿意，繫在紅羅襦。妾家高樓連苑起，良人執戟明光裡。知君用心如日月，事夫誓擬同生死。還君明珠雙淚垂，恨不相逢未嫁時。」

這樣的決定，眞令人覺得悵惘。人生是那樣的短暫，紅粉知己又是那樣的難求，好不容易遇到了紅粉知己，卻又要顧慮別人的非議而爲之卻步，男女之間可走的路子，眞是那麼狹窄嗎？什麼又是你我在這短暫的一生裡最值得追求的呢？

（民國七十二年十二月　女性雜誌）

十三・偷　情

偷情也者，就是「偷偷地搞婚外情」的意思。因爲輿論、道德、宗教、法律都不許人搞婚外情，所以只好用偷的。

婚內情比較單純，不過是夫妻或夫妾之間的性愛罷了；婚外情就複雜多了，複雜到難以想像的地步。有君王和臣妻之間的偷情、有大臣和皇后之間的偷情，有姊夫和小姨之間的偷情，也有伯叔和嫂子之間的偷情，有公公和兒媳之間的偷情，也有丈母娘和女婿之間的偷情，有男子和有夫之婦之間的偷情、也有女子和有婦之夫之間的偷情，有和尚和婦女之間的偷情、也有尼姑和男人之間的偷情，有男僕和主母之間的偷情、也有老爺和僕婦之間的偷情，有已婚男子和已婚婦女的偷情、也有未婚青年與未嫁少女的偷情……。偷情的男女關係雖然複雜到不勝枚舉的地步，卻也可以「一言以蔽之」，那就是「婚姻關係以外所有的男女私情」。

君王和大臣之妻偷情，有的是仗勢欺人，如南北朝北周大象二年（西元五八〇年）元旦這天，所有王公大臣之命婦循例入宮向皇后朝拜賀年時，北周宣帝宇文贇見西陽公宇文溫的老婆尉遲氏生得又豐滿、又美麗，不禁欲念大起，就設計在大筵時要宮女們迭勸尉遲氏喝酒，把她灌醉了，留在宮裡休息，然後悄悄入內恣意姦污；尉遲氏酒後乏力，結果只好任宣帝大逞獸欲。

君王和大臣之妻偷情，也有的是半推半就。如春秋時代，陳靈公嬀平國聽說已故大臣夏御淑的寡妻夏姬生得美麗風騷、傾國傾城，就藉口遊山玩水，途經株林夏家時，入內叨擾，結果吃了中飯還不走，等吃晚飯；吃了晚飯還不走，等吃宵夜；最後吃到了床榻上，終於一償風流宿願。

大臣和皇后或皇太后之間的偷情，在先秦時代就有許多椿，如秦惠王之后，秦昭襄王之母宣太后，就與年輕英俊的大臣魏醜夫偷情；魏醜夫床笫之間本事很好，把太后伺候得快活極了，秦宣太后快要病死時，還想命令魏醜夫殉死，與她合葬到一起呢。

又如秦莊襄王之后，秦始皇之母趙姬，也曾先與宰相呂不韋私通，後來又經呂不韋拉皮條，搞上了陽具偉岸的風流浪子嫪毒，結果做了寡婦的趙太后還一連偷生了兩個兒子呢；眞是一分耕耘一分收穫。

提起姊夫和小姨的偷情，大家馬上想到南唐李後主李煜和小周后之間的風流韻事，李後主的一首「菩薩蠻」詞：「花明月黯飛輕霧，今宵好向郎邊去。剗襪步香階，手提金縷鞋。畫堂南畔見，一向偎人顫。奴爲出來難，教君恣意憐。」把偷情怕人知曉的心理，刻畫得極爲傳神。

北宋名臣王拱辰也曾與小姨偷情。北宋仁宗天聖八年（西元一〇三〇年）

庚午科，王拱辰考中了狀元，歐陽修也考中了同榜進士。當時的參知政事（宰相）薛奎膝下無子而有三女待字閨中，就把大女兒嫁給了王拱辰，二女兒嫁給了歐陽修。那知王拱辰得隴望蜀，又看上了老丈人的三女兒，對小姨展開了綿密的愛情攻勢，結果偷情成功，又把小姨弄上手了。

老丈人見生米已成熟飯，只好把三女兒又嫁給王拱辰做妾。王拱辰一箭雙鵰，又玩大姊、又玩小妹，其樂可知，而歐陽修就難免吃起醋來，忍不住作詩嘲笑他的連襟王拱辰，說他「舊女婿爲新女婿，大姨夫作小姨夫。」一時傳爲趣談。

明朝馮夢龍輯蘇州民謠集《山歌》中也有一首「阿姨」，描寫姊夫和小姨偷情的情景說：「一條濱、兩條濱，第三條濱裡斷舩（船）行。掀起子（了）竹竿拔起子櫓，提箇小阿姨推倒在後船倉。阿姨道：姐夫呀，你弗要慌來弗要忙，放奴奴起來脫衣裳。小阿奴奴好像寄做在人家一缸頭白酒，主人未吃你先嘗。」

至今南京謠諺仍有「討老婆，帶姨子；買豬肉，搭蹄子。」以形容額外的收穫，可見姊夫小姨偷情之事在古時候頗爲常見。

有姊夫和小姨偷情，自然也有叔嫂之間的偷情，晚淸時一首雜曲剪靛花「採葡萄」，就是描寫這樣的故事：

嫂在呀園中採呀採葡萄，小叔叔上前抱住嫂嫂腰，罵聲你殺千刀。

（男白）我同你自家人，勿好罵我箇。

（女唱）開言呀便把叔叔叫，交代你哥哥打斷你的腰……。

（男唱）開言呀便把嫂呀嫂嫂叫，討你辰光（佔便宜）總帳裡討，弄個一次勿礙了，噯呀噯噯呀，我同妳去幹老調。雙膝呀跪在嫂呀嫂面前，求妳嫂嫂樂逍遙，下次總呀勿來了，叫聲妳好嫂嫂，瞞得哥哥弄一遭。

（女唱）開言便把叔叔叫，只要你叔叔口裡瞞得好，哪管你來長和調，叫聲小叔叔，朋友面前瞞得好。

……

（男唱）……嫂嫂呀，床上朝呀朝天睏，旁邊睏下小叔叔，香圓屁股調來調，細細裡看更看，好如來上馬燈調。

（女唱）開言呀便把叔呀叔叔叫，嘗嘗味道好勿好。

（男唱）開言呀便把嫂呀嫂嫂叫，嫂嫂好如活川橋，小叔叔好如一隻在黃貓，吃著味道勿肯調。叫聲妳好嫂嫂，嘩啦啦啦吃一飽，吾今年活到十八歲，今朝還是頭一遭。

民歌之活潑大膽，元氣淋漓，在此表現無遺。

公公和兒媳婦偷情之事，當然要數唐明皇李隆基偷搞他兒子壽王李瑁的老婆楊玉環一事，最廣爲人知。但是，這樣的偷情絕不僅限於帝王之家，在民間也是頗不罕見的事情，淸刊《笑林廣記》卷六有一則「毛病」說：「一翁偷媳，媳不從而訴於姑。姑曰：『這個老烏龜，像了他的爺老子，都有這個毛病。』」偷媳扒灰竟成了家風。

同書同卷還有一則「謝媳」說：「一翁扒灰事畢，揖其媳曰：『多謝娘子美情。』媳曰：『爹爹休得如此客氣，自己家裡的東西，那裡謝得許多。』」

而女婿偷丈母娘之事，古代中國也不乏其事。在《金瓶梅詞話》一書裡，就有好幾處描述西門慶女婿陳經濟與丈母娘潘金蓮偷情幽歡之事。如第八十三回說：「……吃得酒濃上來，婦人（潘金蓮）……便赤身露體，仰臥在一張醉翁椅兒上，（陳）經濟亦脫得上下沒條絲，也對坐一椅拏春意二十四解本兒（春畫），在燈下照著樣兒行事。……但見：一個不顧夫主名分，一個那管上下尊卑；一個氣喘吁吁、猶如牛吼柳蔭，一個嬌聲嚦嚦、猶似鶯囀花間；……一個寡婦房內翻爲快活道場，一個丈母跟前變作行淫世界；一個把西門慶枕邊風月盡付與嬌婿，一個得韓壽偷香手段悉送與情娘……。」

偷情的故事多得可以寫一本厚厚的書，這麼多偷情的故事只說明了一件事：婚姻制度眞是人類情欲的最大束縛與障礙啊。

（民國八十五年九月二十一日　原載閣樓雜誌）

十四・情　婦

十個男人裡面有九個都有虛榮心，喜歡自我膨脹、自我吹噓（剩下的一個男人則對自己的謙虛感到十分自負），不管是在公開或私下的場合裡，男人總喜歡向別人誇耀他的聰明才智、他的龍馬精神、他的高明球技、他的千杯酒量，別人企盼羨慕的一切東西他都有。可是有一件東西他沒有，你再問他還是說沒有，就算眞有，打死他也不敢招認說他有，那就是情婦。

情婦就是一個男人說不出口的愛人。

情婦是宗教道德、法令規章、婚姻制度和社會風俗下的產物，以上總總規範不允許一個女人做她情人的妻子，她就只好做情婦。

「我不做你的情婦。」那個美麗的女子斬釘截鐵地對她的情人說。是的，有哪個女人甘心做別人的情婦呢？愛得那般辛苦委屈、牽腸掛肚而又無可奈何。

可是私情也是一種命中註定的緣分。沒有夫妻的緣分而又割捨不掉彼此的相知相惜、心有靈犀，只好偷偷摸摸地相愛相憐了。

情婦是一種在天生的個性驅使下別無選擇地扮演的角色。不是每個人都有資格、有本事扮演情婦的，有些女人想當別人的情婦還當不來呢；有些女人不想當別人的情婦也由不得她拒絕。

看過「法國中尉的女人」嗎？那部描寫情婦的電影。女主角梅莉史翠普可眞天生就是個情婦胚子，不管在戲裡戲外或戲中戲裡。她把情婦的心態詮釋得眞好，那種妖嬈嬌媚、痴狂執迷，混雜著一絲苦澀、幾許委屈。

情婦的歡樂總拂不去苦澀委屈的陰影，就像清朝時一首流傳於陝西寧強縣附近的歌謠所說的：

白果樹來白果尖，
白果開花不見天；
半夜開來半夜謝，
半夜夫妻不會甜。

情婦最大的心願是化暗爲明、化非法爲合法，夜裡傾聽著情人安詳的鼾聲入睡，天明時伸手一摸，情人仍在自己身畔作著恬然美夢。

可是，這樣的心願常是比登天還難的奢望。不能怪罪一夫一妻的婚姻制度，就算在一夫多妻的古代中國，還是有許多情婦一輩子都只能偷偷摸摸、受盡委屈，一旦戀情曝光，就要遭受難堪的羞辱和殘酷的淩虐。

唐高宗李治在位時，曾愛上了他的大姨子，也就是他老婆武則天的姐姐韓國夫人。韓國夫人曾嫁給賀蘭越石，丈夫死後便在家中守寡。韓國夫人因爲看望妹妹武則天皇后，常常出入宮掖，有時還跟高宗、武后一同進餐。她生得嬌小玲瓏、婀娜多姿，比妹妹武后多了幾分嫵媚溫柔，加上守寡禁欲，格外惹人憐愛；唐高宗便趁武后不在之時，偷偷勾引韓國夫人，讓她做了自己的情婦。沒想到武后在宮中布置了眾多眼線，事情馬上傳到了她的耳中。武后不動聲色，悄悄在食物裡下毒，把扮演情敵角色的親姊姊毒死了。

唐憲宗的女兒宣城公主嫁給裴巽，嬌生慣養的宣城公主既悍且妒，仗勢凌人，裴駙馬受盡了窩囊氣，終於忍無可忍，在外頭結識了一位溫柔美麗的情婦。宣城公主眼線眾多，駙馬爺養情婦的事情很快就曝光了。宣城公主立刻派人直搗金屋，把裴駙馬的情婦抓來。她親自動手，把情敵的鼻子割掉，又把她陰部的皮剝割下來，貼在丈夫的額頭上，還把丈夫的頭髮剪了，讓府中大大小小的僕婦圍觀訕笑。

宋朝時法令規定，公務員可以上酒家召妓侑酒，但是不可以召妓陪宿，更不可以包占妓女做自己的情婦，違禁者將受到革職的處分。北宋神宗時，杭州知州祖無擇愛上了一個名叫薛希濤的官妓，忍不住和她發生了不可告人的關係。有人向宰相王安石檢舉此事，王安石便把薛希濤抓來拷問。結果薛希濤被酷刑拷打至死，臨死前也沒有招認她是祖無擇的情婦。

這就是古代中國的情婦一般的下場。

看過渡邊淳一的《雪原》嗎？那本描寫情婦的小說。渡邊淳一幾乎每一部小說都在描寫情婦，從《雪地之死》（原名《愛情實驗》）裡的純子、《北都物語》裡的繪梨子、《雪原》裡的霞、《愛的迷惘》裡的衿子、《不離婚的女人》裡的葉子和房子、《化身》裡的霧子到《泡沫》裡的抄子，這許多美麗柔情的女子都無可奈何地扮演著情婦的角色，敍說一段曲折纏綿的私情。可是，在許多情婦當中，要數《雪原》裡的霞最叫人憐愛疼惜、痴迷難捨。霞也是天生的情婦胚子，儘管在故事的最後她終於還是下定決心與情夫伊織分手，回到丈夫高村的身邊。

渡邊淳一的每一部愛情小說裡，情婦後來都沒有能跟她的情夫好到一塊兒，只是在嘗盡苦澀的快樂之後，黯然無奈地分手。

不過在中國歷史上，卻曾有情婦很幸運地能化暗爲明，和心愛的情人白首偕老，讓普天下的所有情婦既羨又妒。

宋人李之問遊行京師，結識了名妓聶勝瓊，兩人情投意合，如膠似漆。李之問家有妻室，聶勝瓊淪落妓籍，沒有明天的愛情把兩人的情火燃燒得更熾烈。

過了三個月，李之問不得不離京返鄉了。聶勝瓊依依不捨地在蓮花樓給情郎餞行。十天後，她又作了一首「鷓鴣天」詞寄給李之問，詞云：

玉慘花愁出鳳城，蓮花樓下柳青青，清樽一曲陽關後，別個人人第幾程？
尋好夢，夢難成，況誰知我此時情？枕前淚共簾前雨，隔個窗兒滴到明。

李之問收到情詞後，把它藏在衣箱裡，回家後，被妻子翻到了，問是誰寫的？李之問據實以告。李妻愛其詞清俊纏綿，便拿出所有的私房錢，要丈夫趕到京師去替聶勝瓊贖身。

聶勝瓊嫁到李家做妾後，賢淑勤儉，終身與李婦和好無間，傳為千古美談。

情婦而能有此歸宿，豈不是連睡著了也要笑醒嗎？

（民國八十三年五月十日　中時晚報）

十五・情敵之間

流行歌曲女歌手辛曉琪唱了一首「女人何苦爲難女人」，刻劃女性在愛情出現第三者時，內心嗟怨妒恨的複雜感受，如泣如訴，十分感人。

其實女人與女人爭風吃醋的情形古代比現代更爲常見，因爲古時候男尊女卑，男人是一家之主，可以專制妄爲、任意搞婚外情，而且古代流行一夫多妻制，丈夫只要有錢有勢，可以公然納妾，納幾個都不受限制。心愛的人被別的女人分享或霸佔的女性，內心之痛苦怨恨可想而知，難免就發生了許多「女人爲難女人」的故事。

在情場上，女人爲難女人的方法很多，有人來明的，有人來暗的，有人較溫和，有人很激烈。對第三者做出怎樣的反應，與男人當得了當不了一家之主，和女人天生的剛柔個性息息相關。

比較溫和的像南宋宰相周必大的夫人。周必大很寵愛一個婢妾，他夫人吃醋，就常常故意刁難情敵，阻撓丈夫和她在一起。有一回，婢妾犯了一點小過錯，周夫人借題發揮，把她綁在庭院中讓烈日去晒。

周必大很怕老婆，心中雖然著急，卻不敢攔阻，只能在庭院前徘徊，像熱鍋上的螞蟻一般。婢妾看到周必大，乞憐的說她口好渴，周必大立刻親自舀水來給她喝。

周夫人躲在屏風後面看到了，挖苦的說：「好個有出息的相公，竟爲婢女舀水喝。」

周必大苦笑的自我解嘲說：「世上還有人到處挖義井，給不認識的路人解渴呢！我這又算得了什麼呢？」

有的女人心腸狠毒一些，對付情敵的手段就兇殘多了。像唐朝初年的兵部尚書任瓌，雖然在朝中做大官，卻因爲怕老婆而不敢置妾。唐太宗知道以後，就送他兩名長得很漂亮的宮女做妾。任瓌老婆醋勁大發，也不管情敵是皇帝送上門的，用藥把兩位美女的秀髮爛成禿頭。唐太宗知道以後，送來一瓶毒酒，說：「妳老公位居三品大官，照理應該納妾，妳若悔改不再嫉妒，就不必喝下毒酒；如果還不知悔改，就喝下毒酒自作了斷。」

任妻說：「我與丈夫是結髮夫妻，從貧困微賤中一起打拚，才有今天的榮耀。丈夫要是納妾，我不如一死了之。」就把太宗送來的毒酒一口氣喝乾了。結果酒中無毒，只是嚇唬她的太宗知道後，對任瓌說：「你老婆性烈如此，朕也怕她。」只好下詔讓這兩個宮女離開了任家。

還有的女人對付情敵的手段更殘暴些。《聊齋誌異》中有個故事叫「妾擊賊」，說四川西部有個富翁討了一個溫柔美麗的女子爲妾，大老婆心中不爽，常常無緣無故就用皮鞭抽打小老婆來出氣。小老婆絲毫不敢反抗，事奉大老婆更加恭謹。富翁可憐小老婆，常私下安慰她，她也沒向丈夫抱怨什麼。

有一天夜晚，幾十名強盜翻牆而入，抬著巨木撞門，要打進來搶劫。一家人都嚇得面無人色，只見小老婆摸了一根挑水的木杖，撥開門閂衝出去，揮舞木棍把群賊打得落花流水，狼狽逃命。

富翁大吃一驚，問她怎麼會武藝？小老婆說她父親是技擊國手，她盡得父親眞傳，可以以一敵百。大老婆一聽十分害怕，從此以後，再也不敢欺侮小老婆了。一位鄰婦問小老婆說；「妳打強盜像打豬打狗一樣，爲什麼甘願受大老婆欺侮？」小老婆回答說：「這是我做妾的人應該受到的待遇，我哪敢反抗呢？」

當然，女人爲難情敵最心狠手辣的辦法就是將對方「置諸死地而後快」。

在男人當家的情況下，這種殘酷的報復得等丈夫死後才進行，如果是女人當家或女人可以操縱丈夫時，報復更會提前登場。

唐高宗李治的老情人武則天原是他父親唐太宗的侍姬，唐太宗臨終時將武則天送至感業寺削髮爲尼；唐高宗也另外册封了王氏爲后。後來武則天蓄髮還俗，入宮爲妃，並且誣陷王皇后殺害武氏之女，高宗便廢了王皇后，改立武氏爲后。武則天得勢以後，對付情敵王氏的手段是命令太監將王氏打兩百大棍，而後把手腳砍掉，再扔進大酒罈裡慢慢淹死。

王氏在酒罈裡輾轉呼號，過了好幾天才痛苦的死掉。臨死時，她憤恨的說：「武氏太沒有人性了，竟然對我如此殘忍，希望我來生變成貓，武氏來生變成鼠，讓我隨時都可以咬斷武氏喉嚨，方才洩我心頭之恨。」

武則天知道後，下令太監將王氏碎屍萬段，又下令將宮中的貓全部趕出去，以後不許養貓。

另一位悍婦呂后在丈夫漢高祖劉邦死後，對付劉邦的寵姬戚夫人的手段也極其殘忍。史書上說呂后將戚夫人關入後宮的女監獄中，將她頭髮全剃光了，每天以不同的刑具來虐待她，最後又派兩個粗鄙的死囚輪姦戚氏，而後用啞藥灌入她的口中，使她變成啞巴；用燒熱的硫磺灌入她的耳朵裡，使她變成聾子；又把她的眼珠子挖出來，使她變作瞎子；而後再命人將她雙手、雙腳剁下，把身子扔進糞窖中，讓她在屎尿中溺死。

如果等不及丈夫死後才對付情敵，聰明的女人也自有別的辦法。東漢末年的大軍閥袁術有許多妻妾，他最寵愛美麗的馮氏；馮氏進門後，其他的姬妾一概失歡。那些被丈夫冷落的女人有一次趁袁術外出時，聯手將馮氏勒死，再用一條繩子把屍體懸在樑上。袁術回家後，她們便異口同聲的說馮氏是上吊自盡的。

當然，也不是所有的女人對付情敵都如此狠毒。晉朝時的大軍閥桓溫攻下四川後，納四川軍閥李勢的妹妹為妾。李氏長得嬌柔端麗，一頭烏溜溜的長髮更是又黑又亮，長得可以拖到地，惹人愛憐。

桓溫的大老婆是晉明帝的女兒南康長公主，她起先被蒙在鼓裡，等知道老公在外頭另有女人後，立刻帶了數十名婢女，人人身懷利刃，一直殺到小公館來。

當時李氏正臨窗梳頭，她看到眾人殺氣騰騰，一點也不慌張害怕，仍舊從容的把頭髮梳好，而後向長公主斂手施禮，神情悽惋的說：「妾國破家亡，無心至此苟且偷生，今天若能死在您的手中，正是妾求之不得的願望。」

長公主見李氏如此楚楚可憐，把刀一丟，上前抱住李氏說：「我見到妳都忍不住愛憐萬分，又怎能怪我那個老死鬼愛上妳呢？」就親自帶著李氏一同回家去了。

像南康長公主和李氏那樣和睦相處的例子還有很多。如娥皇、女英姊妹共事一夫帝舜；又如宋儒蘇東坡身邊有不少愛妾，古書上也沒說她們之間有任何爭風吃醋的事情發生。可見女人也不是一定就會爲難她的情敵的，這完全要看每個當事人不同的反應了。

所謂「丈夫丈夫，一丈之夫」，在一丈之內是自己之夫，出了一丈之外，就是別的女人的，抱持著這樣的觀念的女人，大概就不會爲難別的女人了吧！

（民國八十六年八月十二日　中華副刊）

十六・離情依依

對親朋好友而言，別離是一種難堪無奈的情境；對熱戀中的情人而言，別離更是一種至難排遣的悲愁；難怪《涅盤經》上要把「愛別離」視為人生「八苦」之一。可是「天下沒有不散的筵席」，彷彿錐心之痛、令人黯然消魂的別離，便也一再地在依依不捨的情人間上演。

描寫情人別離的詩詞，在中國出現得很早，南北朝時流行於長江下游一帶的民歌「華山畿」裡，就有一首說：

相送勞勞渚，
長江不應滿，
是儂淚成許。

說我在長江邊的勞勞渚送你走，長江的水不應該滿成這個樣子，都是我的眼淚流成的啊！

南北朝時南齊寶月和尚有一首「估客樂」，也是描寫情人別離之作：

郎作十里行，
儂作九里送；
拔儂頭上釵，
與郎資路用。

短短二十個字，就把情人別離時依依不捨、呵護掛念之情描繪得如此鮮活深刻、真摯感人，真不愧是可以流傳千古的傑作。

唐朝大詩人白居易有一首「潛別離」，描寫一雙無法結合的男女，在偷偷幽會之後悄悄分手的情景，字字血淚、感人至深：

不得哭，潛別離；
不得語，暗相思；
兩心之外無人知。
深籠夜鏁獨棲鳥，
利劍春斷連理枝。
河水雖濁有清日，
白頭雖黑有白時，

唯有潛離與暗別，
彼此甘心無後期。

明明悲傷得要命卻不准哭出來，明明相愛得要死卻不准說出來，明明是一對靈肉契合、理想完美的戀人卻不准結合，而且生離就是死別，後會永遠無期，還要含笑地分手，這是怎樣難堪的一種折磨呀！白居易若不是感同身受、敍述自己的故事，絕寫不出這樣深刻感人的作品來。

北宋女詞人李清照與丈夫趙明誠伉儷情深。趙明誠二十歲自國子監太學畢業後，先出仕秦州爲官，兩年後又轉任山東萊州知府，李清照則一直住在汴京侍奉公婆。趙明誠赴萊州就任，李清照在送別時，寫了一首「蝶戀花」詞傾訴離懷道：

淚濕羅衣脂粉滿，四疊陽關，唱到千千遍。人道山長山又斷，瀟瀟微雨聞孤館。惜別傷離方寸亂，忘了臨行，酒盞深和淺。好把音書憑過雁，東萊不似蓬萊遠。

說淚濕羅衣、方寸大亂，李清照把自己和丈夫離別時的悲傷情懷描繪得如在目前。

元曲《西廂記》裡，最膾炙人口的名句，除了描寫張生與崔鶯鶯初夜合歡的旖旎風光外，也許就要數末尾張生進京趕考，兩人分手時的悲傷情景了。《西廂記》卷四第三折裡，崔鶯鶯與張生餞行、把盞話別時曾唱道：「碧雲天，黃花地，西風緊，北雁南飛，曉來誰染霜林醉？總是離人淚。……恨相見得遲，怨歸去得疾，柳絲長，玉驄難繫，恨不得倩疏林掛住斜暉……。」崔鶯鶯說霜林紅葉是離人泣血，又說要請疏林幫忙掛住斜暉，不讓日落天黑，情人就可以不走……，眞是痴人說夢啊。但若不是悲傷無奈地和愛人分手，崔鶯鶯又怎會如此心煩意亂、語無倫次呢？

明朝時的俗曲中，有許多描述情人分離時的佳作。明人馮夢龍輯《掛枝兒》俗曲中，有好幾首「送別」，都寫得眞情畢露、眞摯感人。如：

送情人，直送到門兒外，千叮嚀，萬囑咐，早早回來。你曉得我家中並沒個親人在，我身子有病，腹內又有了胎，就是要吃些酸鹹也，哪一個給我買？

送情人，直送到花園後，禁不住淚汪汪，滴下眼梢頭。長途全靠神靈佑，逢橋須下馬，有路莫登舟，夜晚的孤單也，少要飮些酒。

送情人，直送到河沿上，使我淚珠兒濕透了羅裳，他那裡頻回首添惆悵。水兒流得緊，風兒吹得狂，那狠心的梢公也，又加上一把槳。

明人趙南星的《芳茹園樂府》中，有一首「鎖南枝帶過羅江怨」俗曲，也是描寫情人別離的佳作，在刻畫悲傷哀怨的離情中，竟還透露出一絲香艷，令人拍案叫絕：

才成就，又別離，耍鴛鴦剛剛來一霎時，分明是一點鼻涯兒蜜。想得人似醉如痴，想得人夢斷魂迷，枕旁滴盡相思淚。眼睜睜撅斷同心，眼睜睜拆散連枝，痴心還想重相會。倘然得再入羅幃，倘然得再效于飛，舌尖兒上咬你個牙廝對。

清朝的俗曲中，也有許多敍述情人別離情景之作，描繪得極爲精采。例如清人華廣生《白雪遺音》一書裡，就有一首「馬頭調」題作「情人要去」說：

情人要去留不住，眼含痛淚不敢啼哭。欲待哭，又怕情人忍不住；待不哭，淚珠點點忍不住。手拉手兒，拉到無人之處，腮靠腮，口對口兒親囑咐：囑咐你，千萬別忘這條路。

一句家常話，勝過千言萬語，海誓山盟。

《白雪遺音》裡還收輯了一條「滿江紅」俗曲「東方亮」，敍述得更是溫馨旖旎：

東方亮，冤家又睡著了。天哪！叫奴怎麼好？奴只得，摟抱腰，輕輕慢推搖：你醒來喲！怕只怕，爹娘知道，奴的命難逃，快穿衣服走，莫被旁人曉。你轉來喲！嘴唇上，胭脂粉，奴與你餂掉了；你嘴唇上胭脂粉，奴與你餂掉了。

不忘把情郎嘴唇上的胭脂「餂」掉（不是擦掉），只有偷情的女孩才會這麼細心，這麼溫柔吧！

民國以後，各地流行的民謠山歌裡，當然也不乏送別之作，限於篇幅，下面只引一首流傳於湖南的情歌「五更雞，叫啀啀」，以爲本文之結：

五更雞，叫啀啀，
乖乖起來送乖乖。
乖乖扯住乖乖手，
手拿門閂不肯開，
乖乖一去幾時來？

（民國八十二年五三十一日　自由時報）

十七・失　戀

戀愛像賭博，靠本錢、靠機智、也靠運氣。賭博有輸贏，戀愛也有成敗。談戀愛的人如果「拿熱臉去呵別人的冷屁股」，一再地碰釘子、撞牆壁和被潑冷水，那就是失戀。

失戀的原因很多，像對方家長反對、遇到更強勁的對手、追求的時機不當、缺乏經濟獨立的基礎，彼此沒有緣分等等，都可能把一場好事化爲烏有，讓付出感情的人默默咀嚼失戀的滋味。

失戀的滋味如何?在古代的詩詞民歌裡曾有很鮮活的描寫。如明人醉月子輯《新鐫雅俗同觀掛枝兒》裡，有一首「葉」說：「柳葉兒，我爲你雙眉頻皺，藤葉兒，我爲你纏住心頭；不能夠竹葉兒，空心自守，紅葉兒，題詩句，荷葉兒，淚珠流；怎能似茶葉兒，和你團圓也，團圓共一簍（摟）。」用各種不同的樹葉作巧妙的借喻來描繪失戀的情境。

又如清初人王廷紹輯《霓裳續譜》卷四中有一首「熨斗兒」俗曲「熨斗兒熨不開的眉頭兒皺」說：「熨斗兒熨不開的眉頭兒皺，剪刀兒剪不斷腹內的憂愁，對菱花（鏡）照不出你我胖和瘦，周公的卦兒準算不出你我佳期湊。口兒說是捨了罷，我這心裡又難丟，快刀兒割不斷的連心的肉，快刀兒割不斷的連心的肉。」

清人沈氏輯《偶存各調》中，也有一首「寄生草」俗曲「冤家好比松羅片」，利用各種茶葉所引發的聯想來刻劃失戀的人：「冤家好比松羅片，奴心裡似毛尖。藿山茶，當不得珠蘭面；雲夢山，我的人兒難得見。手拿磚茶打胸前，苦了茶，叫我一口一口眞難咽，叫我一口一口眞難咽。」

描寫得最生動的要算清中葉人華廣生輯《白雪遺音》中的一首「馬頭調」

（帶把）俗曲「酸甜苦辣」：「烏梅、青杏、陳醋拌，酸上加酸。冰糖、白糖，加上蜜餞，甜的更甜。山豆根兒苦，大黃、黃柏，加黃連，苦不可言。生薑辣，秦椒、胡椒，獨頭蒜，辣的實在全。負心的情郎，不似從前，丟下女嬋娟。我爲你酸甜苦辣吃了個遍，整整四大盤。想當初，不該錯認無義漢，後悔是枉然。」說失戀的滋味在酸、苦、辣中別有甜味，可謂入木三分。

失戀不是貌醜才拙者的專利，美艷慧黠如潘金蓮者，也曾飽嘗失戀的滋味；《金瓶梅詞話》第八回裡說：潘金蓮與情夫西門慶勾搭成姦後，把親夫武大郎毒死，打算好好與西門慶熱戀一場，那知西門慶另娶孟玉樓爲妾，在家裡抱著新人取樂追歡，把潘金蓮冷落在她自己家裡。

潘金蓮左也等不著、右也等不著，天天盼著情夫來，就是見不著西門慶的人影兒；寫信給西門慶，也如石沉大海一般。她遷怒丫鬟迎兒，狠狠打了她幾回，百無聊賴之際，又脫下兩隻紅綉鞋卜卦，結果卜的是個失戀的卦兒。潘金蓮派人去探西門慶的音訊，得知情郎另結新歡，哭得像淚人兒似的，也於事無補；只有獨自在房中，彈著琵琶，唱個「綿搭絮」的曲兒：

當初奴愛你風流，共你剪髮燃香，雨態雲蹤兩意投；背親夫和你情偷，怕甚麼旁人講論，覆水難收。你若負了奴真情，正是緣木求魚空自守。

誰想你另有了裙釵，氣得奴似醉如痴，斜傍定幃屏，故意兒猜，不明白怎生丟開？傳書寄柬，你又不來，你若負了奴的恩情，人不爲仇天降災。

奴家又不愛你錢財，只愛你可意的冤家，知重知輕性兒乖。奴本是朶好花兒，園內初開，蝴蝶餐破，再也不來。我和你那樣的恩情，前世裡前緣今世裡該。

心中猶豫，輾轉成憂；常言婦女痴心，惟有情人意不周。是我迎頭和你把情偷，鮮花付與，怎肯干休？你如今另有知心，海神廟裡，和你把狀投。

可是海神才不管凡人失戀的事情呢！埋怨告狀全是一場空。

失戀的滋味的確不好受，像用針在心坎嫩肉上扎。不過話說回來，沒有嘗過失戀滋味的人雖幸福，但那只是一種平凡平淡的幸福；嘗過失戀滋味而又不後悔的人，才是眞正擁有了值得誇耀的幸福。

（民國七十四年六月五日）

十八・夢裡的愛情

從小到大，從生到死，每個人都曾作過數不清的夢。有些夢天馬行空、驚險萬狀，也有些夢香艷旖旎、荒唐浪漫。

夢洩露了我們埋藏在心底的恐懼和期盼、憂慮和癡想。誰不曾在夢裡聊慰相思呢？誰不曾在夢裡一償宿願呢？是夢，彌補了人生裡永遠無法挽回的缺憾；是夢，讓每一個在紅塵苦海裡掙扎的人獲得渴盼已久的心靈悅樂。

稱心如意之夢是謂好夢，兩情相悅之夢是謂春夢，常有好夢、春夢可作之人，是謂福至心靈，是上天最恩寵的人。

只有心如止水的人才無夢。可是，人生而無夢，豈不如槁木死灰嗎？那樣的「至人」不當也罷。

誰說春夢了無痕呢？就算好夢易醒，醒來後，夢中的一切仍那樣清晰地烙印在腦海心底，情人的笑語嬌嗔、情人的抒懷啜泣，總那樣眞實地纏縈在懷，久久不去。

反倒是一晃百年即逝的人生，才更像鏡花水月、珠光泡影般的虛幻。

夢裡的姻緣

千里姻緣一夢牽，這樣的愛情故事在歷史上曾不止一次地發生過。

戰國時代趙武靈王趙雍有一回到大陵遊玩，夢見有一位美麗的處女撫琴歌唱道：

有個美人光艷晶瑩，

容貌就像茗花般盈盈。
命呀！命呀！
竟然沒人賞識我娃嬴！

第二天，趙武靈王喝酒喝得高興時，一再談起夢中所見的美女娃嬴，並仔細描述她的長相如何美麗、琴藝歌聲如何美妙，言語之間流露出無限愛慕之意。一旁的大將軍吳廣聽了，心頭暗暗吃驚，因爲聽大王的描述，他夢中所見的少女不正是自己的女兒孟姚嗎？孟姚小字娃嬴，除了她爹娘兄弟之外，沒有別人知道，怎麼大王竟然在夢中知道了呢？莫非姻緣天註定嗎？

吳廣回去把此事向夫人說了，經由夫人出面將女兒獻給趙武靈王。趙武靈王見吳孟姚果然是夢中所見的少女，立刻大加寵愛，後來還封她爲惠后。

六朝時候，金陵有戶人家姓韋，是京城裡數一數二的富豪。韋家的姑娘十八歲時，秀才裴爽登門求親，韋小姐笑著對母親說：「他不是我的丈夫。」要母親把婚事拒絕了。

又過了一年，京師年輕的軍事參謀官王悟託韋小姐的舅舅出面作媒要娶韋小姐爲妻，韋小姐還是拒絕了。她母親著急地說：「別人家女孩及笄之年就嫁了，妳已遲了三年，怎麼還挑三揀四呢？」韋小姐依然堅持己見。

又過了一年，有個名叫張楚金的進士登門求親。韋小姐笑著說：「這人才是我的丈夫。」就一口答應了。

新婚之日，韋小姐才透露眞相，說她早夢見自己二十歲時會嫁給一個名叫張楚金的人。

晚明傳奇作家湯顯祖的「玉茗堂四夢」曲中，最負盛名的《牡丹亭》（又名《還魂記》），也是一齣夢裡的愛情故事。大意是說南安太守杜寶生了一個女兒，娶名麗娘，杜寶對女兒呵護備至，刻意栽培，聘請一位老秀才陳最良爲家庭老師，專門教杜麗娘讀書作詩。

陳最良教杜麗娘讀《詩經》，解說「關關雎鳩，在河之洲」一詩後，年已及笄、初解懷春的麗娘便悵然有感於心。

太守府內有個後花園，極爲寬敞美麗，杜麗娘以前未曾去過，因爲春情鬱鬱，在伴讀丫鬟梅香的勸誘下，便同去園中一遊。只見園裡繁花綴樹，好鳥千囀，芍藥正放，牡丹盛開，說不盡爛漫春景，惹人流連。

杜麗娘遊園歸來，逕入繡房中，倦極而臥，睡夢中彷佛身子仍在花園中，突然遇到一位年輕英俊的秀才，折了一枝柳送給她，並且把她抱進牡丹亭中，百般溫存，千種恩愛。正當杜麗娘與年輕秀才歡愛欲仙之際，忽然從樹上墜落下一片花瓣，驚醒了春夢方酣的麗娘，麗娘醒來時，口中還依依不捨地喚著「秀才，秀才，你不要走啊！」

自從遊園驚夢之後，杜麗娘便生了病，時好時壞，精神恍惚。想起別人夫妻恩愛，自己卻只在夢中會過情人而已，便倍覺神傷。她取出丹青，在素絹上畫下自己美麗的容顏，並題上一首小詩道：

近覩分明似儼然，
遠觀自在若飛仙；
他年得傍蟾宮客，
不在梅邊在柳邊。

到了這年中秋夜晚，杜麗娘便昏厥而去，臨終時，要求將自己葬於後花園中老梅樹下，並私囑梅香將她的畫像悄悄塞入園中太湖石的孔隙中。

杜麗娘死後不久，杜寶被升任爲淮揚安撫使，因不便將女兒屍柩運去，便讓她埋於園中，加砌一道牆把此園與官衙隔開，並在墓旁建一所梅花庵，派老秀才陳最良看守此庵，歲時祭祀。

過了三年，嶺南有個名叫柳夢梅的秀才，北上求取功名，行經南安時，染了重病，昏厥於途，被陳最良遇見，收容於梅花庵中暫住。柳夢梅日漸痊癒，一日在後花園中散步時，於太湖石間拾得杜麗娘的畫像，被麗娘的美麗容貌迷惑住了，又讀畫上題詩，分明說的是自己，便生了癡心，天天對著畫叫著「俺的姐姐」、「俺的美人」。沒想到杜麗娘地下有知，還魂復活，終於和柳夢梅結下今生美滿姻緣。

相思入夢來

有情男女被無情命運分開時，彼此只好在夢裡相會。也許兩人隔著千山萬水，也許兩人彼此音訊杳然，但是只要有愛、只要相思，就有機會在夢裡相會。說相思是春夢的催生者，應該也十分貼切吧！

唐朝詩人岑參有一首「春夢」七言絕句，描寫閨中少婦懷念遠征邊塞的丈夫，夜裡作夢相會、貪取片刻虛幻的歡樂說：

洞房昨夜春風起，
故人尚隔湘江水；
枕上片時春夢中，
行盡江南數千里。

明朝流行的俗曲「鎖南枝」當中，有一首「團圓夢」，刻劃的也是相同的情境：

團圓夢，夢見他。笑臉兒歸來，連聲問我：我在外幾載經過，妳在家盼望如何？說一會功名，敍一會子閑闊。喚梅香把酒果忙排，與俺二人權作賀。萬種相思一筆勾抹，猛追魂三唱鄰雞，急睜眼一枕南柯。

在現實生活裡無緣相聚相守、同衾共枕，只能靠春夢來滿足對愛情的渴盼，這樣的愛眞是愛得辛苦、愛得悲哀。這樣的夢作得多了，眞會讓人顚倒黑白、精神恍惚，以眞爲幻，以幻爲眞，不知相逢是眞實的、還是在作夢，像宋人晏幾道在一首「鷓鴣天」詞裡所描述的那樣叫人感傷：

彩袖殷勤捧玉鍾，當年拚卻醉顏紅。
舞低楊柳樓心月，歌盡桃花扇底風。
從別後，憶相逢，幾回魂夢與君同。
今宵賸把銀釭照，猶恐相逢是夢中。

春夢空惆悵

作了許多團圓夢，到最後相逢時還猶恐在夢中，雖然叫人感傷，畢竟可以歡喜；還有些人作再多春夢，也夢不回昔日的情人，再也沒有團圓的一天，那才叫人悵惘低徊、愀然神傷哩。

晚唐詩人韋莊在朝擔任左補闕之職，唐昭宗李曄派他出使西川（今四川），結果被西川節度使王建扣留了，因爲王建欣賞韋莊的才華，要借重他來造反。後來王建在西元九〇八年稱帝，建立了十國之一的前蜀，以成都爲國都，韋莊也被拜爲門下侍郎同平章事，即世人俗稱的「宰相」。

韋莊在前蜀擔任高官後，頗享榮華富貴，住高樓廣廈，有衆姬相隨。在他的姬妾中，有一位容貌艷麗、聰慧可愛的女孩，能歌舞、擅詞翰，嫵媚多嬌、靈氣動人，最得韋莊之寵愛。可是這位寵姬的美艷被蜀王王建知道了，王建也愛上了她，硬把她從韋莊的身邊奪過來，納入後宮做嬪妃。

韋莊的榮華富貴是王建賞賜的，他又能怎樣呢？他不但不能拒絕，連不悅的表情都不敢在人前表露出來，還要若無其事的上朝辦公、下班應酬，心情之苦痛鬱悶可想而知。

一有空閒，韋莊就忍不住懷念起她來，懷念這個豐腴美艷、靈慧可人的女孩。可是她已是別人的寵妃了，在別人的懷中褪盡羅衫、婉轉承歡，王建那畜牲把痴肥笨重的身子壓在她的嬌軀上的情景，無時無刻不縈廻在他的腦海、浮現在他的眼前。他恨她罵她，更忍不住地愛她想她，想她昔日的嬌顏笑靨，想她今日的苦楚委屈。恨有多深，愛就有多深；痛苦有多深，思念就有多深。

她還活著，但他是再也見不到她了，再也見不到他鍾愛的寵姬了。但是他還是常常見到她，在夢裡。夢裡她還是和往昔一樣嬌艷美麗、溫柔多情，不一樣的是她比以前愛皺眉了、比以前愛嘆氣了，而且每次都來去匆匆，留也留不住。

韋莊有一首「女冠子」詞，記述他在夢中與寵姬相會的情景說：

昨夜夜半，枕上分明夢見，語多時。依舊桃花面，頻低柳葉眉。　半羞還半喜，欲去又依依。覺來知是夢，不勝悲。

韋莊的寵姬是王建在稱帝的次年四月十七日這天硬向他要去的。韋莊永遠記得這個傷心欲絕的日子，記得她在臨去時把頭低下去免得淚水奪眶而出的模樣，記得她含羞斂眉、哽咽叮嚀著要他早日離蜀還鄉的神情。

現實如此無可奈何、無由改變，韋莊卻如春蠶吐絲般做繭自縛，任思念之情日日夜夜啃嚙著他敏感纖弱的心靈，在夢裡追尋往昔的歡樂，無由解脫。

整整一年了，韋莊不知多少回在夢裡和寵姬相會，他不敢告訴別人，怕惹來殺身之禍。多少功臣宿將都被猜忌殘忍的王建誅戮了，稍一不慎，他的下場將和他們一樣。就在他失去寵姬一周年的這天，韋莊又塡了一首「女冠子」詞，記述他悲酸欲絕的心境：

四月十七，正是去年今日，別君時，忍淚佯低面，含羞半斂眉。　不知魂已斷，空有夢相隨。除卻天邊月，沒人知。

一介血肉之軀能在這樣不堪的情境況味下煎熬多久呢？韋莊終於在這年秋

天帶著無窮的憾恨離開了人世。

北宋名儒蘇東坡也是位情有獨鍾的痴人。他在十九歲時，娶眉州青神縣王方十六歲的女孩王弗為妻，王氏還為他生了一個兒子，取名蘇邁。兩人結髮十一年後，王弗不幸因病在汴京去世。蘇東坡悲傷地把王氏葬於汴京西郊，還替她守了三年的喪，而後才娶亡妻堂妹王閏之為繼室，並在六年後又納侍妾王朝雲。蘇東坡雖然又續弦、又納妾，但他對亡妻王弗的思念之情卻與時俱增，無日或忘。

宋神宗熙寧八年正月三十日夜晚，在山東諸城縣擔任太守的蘇東坡夢見了闊別十載、獨葬於汴京西郊的亡妻。在夢裡，王弗正臨窗梳妝，見丈夫來了，一句話也不說，只拚命掉眼淚。

醒來以後，蘇東坡塡了一首感人至深的「江城子」詞，題為「乙卯正月二十日夜記夢」：

十年生死兩茫茫，不思量，自難忘。千里孤墳，無處話淒涼。縱使相逢應不識，塵滿面，鬢如霜。　夜來幽夢忽還鄉，小軒窗，正梳妝。相顧無言，惟有淚千行。料得年年腸斷處，明月夜，短松崗。

王弗已不在人間，夢裡的相會只更添蘇東坡悵惘之情罷了。

南宋初年的詩人陸放翁，也經歷過一場坎坷心碎的愛情，靠作夢來彌補情憾。

陸放翁二十歲時和美麗柔慧的表妹唐琬結爲夫妻，過著恩愛幸福的生活。可是陸放翁的母親唐氏不喜歡這位侄女媳婦，認爲她會剋死翁姑丈夫，一再逼迫兒子休妻。陸放翁事母至孝，終於忍痛把結婚還不到一年的妻子休了。後來放翁續娶小他兩歲的王氏爲妻，唐琬也改嫁山陰皇室之子趙士程爲妻，男再婚、女再嫁，兩人破鏡重圓的希望就愈來愈渺茫了。

就這樣各過各的生活，彼此不相問訊，也許可以讓時間慢慢療傷止痛，可是偏偏造化弄人，讓他們在十年後的春天又不期而遇，在山陰城東南邊繁花似錦的沈園裡重逢了。唐琬是跟丈夫一同來遊園的，她對丈夫說明站在遠處的男子就是她的前夫陸放翁，又吩咐婢女送酒肴過去給放翁。舊情難忘的放翁眼見心愛的人溫柔地伴隨著另一個身份、地位都比自己高的男子，而這一切原本可以避免的，全因自己一時的軟弱而造成無可彌補挽回的憾恨，害人又害己，心頭眞是悵惘痛悔、心如刀割。他淚眼模糊地在園壁粉牆上題了一首千古傳唱的「釵頭鳳」詞：

紅酥手，黃藤酒，滿城春色宮牆柳。東風惡，歡情薄，一懷愁緒，幾年離索。錯，錯，錯！春如舊，人空瘦，淚痕紅浥鮫綃透。桃花落，閒池閣，山盟猶在，錦書難託。莫，莫，莫！

唐琬後來讀到陸放翁的題詞，哀慟不已，也和了一首「釵頭鳳」詞，述說她身不由己、咽淚裝歡的苦楚，和舊情難忘、相思成疾的境遇。過不多久，她就抑鬱地死了。

愛人因爲他的愚孝軟弱，無奈地改嫁他人，最後怏怏而死，對陸放翁是永難忘懷的憾恨。雖然再也見不到唐琬了，但是誰也阻擋不了他們在夢裡相會。一直到臨死之前，八十四歲的陸放翁仍常常夢見他心愛的唐琬；他嫌夢裡的幽會太過匆促，而在重遊沈園時寫下這首沉痛的「春遊」詩：

沈家園裡花如錦，
半是當年識放翁。
也信美人終作土，
不堪幽夢太匆匆。

才知道相思的夢可以作到垂老瀰留之際，依然讓人嘆惋低徊。

好夢今夜來

相傳，把情人臨別時相贈的紀念品——一塊奇石、幾粒紅豆、一根秀髮或一方素帕——臨睡前壓放在枕頭下，在思念中入睡，就可以在夢中和情人相會了。這個美麗浪漫的傳說，渴盼夢見情人的癡男怨女不可以不知道。

你有多久沒和老情人在夢裡相會了呢？今夜何妨取出他昔日相贈的紀念禮物，壓在枕頭下，試試看傳說到底靈不靈呢？

如果你還是女單身貴族，當然百無禁忌；如果你已經有了另一半，千萬記得遮掩些。

更要記住，醒來之後，不要告訴任何人，夢一說就破、就不靈驗了。

祝你今夜有個好夢。

（民國八十三年元月號　仕女雜誌）

十九・殉　情

前陣子傳出了男女中學生跳樓殉情的不幸消息，年輕的情侶在自覺天底下最重要的事情無法圓滿實現、一生的幸福快樂無法獲得後，毅然選擇了悲壯的自盡。花樣年華驟然消逝，錦繡人生自此斷送，令世人爲之感傷慨嘆，就更不用說當事人父母親友的椎心之痛了。

發生這樣的悲劇，旁人除了哀悼嘆惋之外，又還能說什麼呢？畢竟這是死者付出了最寶貴的生命所作出的抉擇。對他們而言，愛情就是生命的全部，當擁有愛情的希望幻滅之後，人生已無絲毫留戀的價值了，不走又何待呢？

這樣悲壯的故事在古代中國也曾一再發生過，讓世人黯然傷神，久久不能自己。

南北朝宋少帝時，南徐（今江蘇丹徒縣）有位書生，從華山（今江蘇省句容縣北十里）經過，要往陝西雲陽去；在華山下的一家客棧裡，遇見了一位妙齡少女。這位書生內向害羞，不知如何向她表達情意，只敢偷偷地瞟她幾眼，在四目相接時又倉皇地移開目光。他離開客棧後，一路上相思鬱結在心，終於一病不起。

人們將書生的遺體放入棺柩中運回故里，半路經過華山下的這家客棧時，車子突然自動停住了，怎麼推挽也無法移動。知情的車夫就饒舌地向人述說著這位書生如何暗戀客棧中的少女，如何思念成疾、一病不起，死後居然還眷戀著愛人，讓靈車無法走動。

客棧裡的妙齡女子知道以後，穿著華麗的衣服盛裝而出，淒然地唱道：「華山畿，君既爲儂死，獨活爲誰施？歡若見憐時，棺木爲儂開。」少女才唱完，棺木應聲而開，她一躍而入，棺木又自動關閉了；人們便將兩人合葬，以遂其願。

南宋孝宗淳熙年間，京師臨安（今浙江杭州）有個女子陶師兒，因家境貧苦而淪落風塵。後來她結識了年輕英俊的書生王宣教，兩人一見鍾情，多次商量如何結爲夫妻。可是妓院老鴇把陶師兒視作搖錢樹，故意獅子大開口，要求王某需付出一大筆贖金，以阻撓這樁婚姻。

王生付不出贖金，知道結合無望，兩人都痛苦極了。有一天，他們相約同遊西湖，直至夕陽下山，船家將船停泊在南屏山慧日峰下的淨慈寺藕花深處。王宣教與陶師兒在月光下彼此默默含情、凝視良久後，便相擁跳入西湖中自盡了。

王生與陶師兒投湖殉情的故事傳開後，博得了世人的廣泛同情，不少人寫詩作詞來哀悼他們，有位錢塘人吳禮之填了如下的一闋詞說：「連環易闕，難解同心結。癡呆佳人才子，情緣重，怕離別，意切人路絕。共沉煙水闊，蕩漾香魂何處？長橋月，短橋月。」

爲了紀念王生與陶女的眞摯愛情，人們又把兩人投水附近的「短橋」更名爲「斷橋」，以寓「斷腸」、「斷魂」之意，今天杭州的西湖十景中，有一景「斷橋殘月」，典故就出自這個悲哀的愛情故事。

明朝時，福建侯官縣有個書生林澄，在同鄉戴貴家的學館裡上學讀書。有一天，林澄看到戴貴的妹妹戴伯璘在窗下繡花。伯璘見林澄丰姿俊秀，便情不自禁地和他對看了很久。林澄怕人發現，依依不捨地離開窗前。他回到學館後，心情仍十分激動，便題了一首詩在團扇上：

目似秋波鬢似雲，
繡簾深處見紅裙。

東風裊裊吹香氣，
夢裡猶聞百和薰。

過了不久，戴伯璘的丫鬟有事去學館，林澄見機不可失，就悄悄把團扇交給丫鬟，要她轉交給小姐。戴伯璘看了團扇上的題詩後，知道林澄對自己的愛慕之意，便也在巾帕上題了一首詩，命丫鬟送交給林澄。

從此以後，兩人詩書往返，情意更篤。到了元宵節這天，戴女應約與林澄在花園中相會，兩人私訂終身，幽歡到雞鳴天曉才分手。

林生戴女相愛之情愈來愈深，但家中無人知道。這年中秋夜，林澄來到戴女繡房中，同席共枕，直到四更方才離去。誰知被戴家一名巡夜的僕人發覺，黑暗裡以爲是賊，打鬥中用斧頭將他砍死了。戴伯璘聞聲趕出，見林澄已死，哀慟欲絕，便也回房上吊自盡了。

兩家父母得知這個消息後，都十分痛惜，在清理兩人的遺物時，發現了他們往來互贈的幾十首情詩，便拿到靈前火化了。兩家商量後，將林澄與戴女合葬在一起，後來人們更稱這個墳爲「雙鴛塚」。

遭受愛情的挫折而痛不欲生，相信是許多人都曾有過的經驗，那種剜心之痛，即使在數十年後，依然強烈鮮活地埋藏心底而不堪碰觸回首。有些人因此而走上自盡之途，但是大多數人都掙扎著努力活下去，並且在後來找到了更值得追求奮鬥的人生目標，和另一個同樣值得珍惜眷戀的幸福愛情，慶幸自己當初沒有做出殉情的傻事。

如果兩個人連死都不怕了，這樣的勇氣和決心還有什麼事情不能克服實現呢——包括他們之間看似困難重重的愛情？

（民國八十五年四月二十二日　聯合晚報）

大地圖書目錄　(一)				
編號	書　名	作者	定價	圖書分類
01030001	講理(增修版)	王鼎鈞	230	大地文學
01030002	在月光下飛翔	宇文正	220	大地文學
01030003	我的肚臍眼	殷登國	180	大地文學
01030004	笑談古今	殷登國	200	大地文學
01030005	張愛玲的小說藝術	水　晶	190	大地文學
01010040	風樓	白　辛	85	大地文學
01010120	蛇	朱西甯	105	大地文學
01010130	月亮的背面	季　季	120	大地文學
01010150	大豆田裡放風箏	雨　僧	160	大地文學
01010220	美國風情畫	張天心	160	大地文學
01010250	白玉苦瓜	余光中	150	大地文學
01010270	霜天	司馬中原	60	大地文學
01010290	響自小徑那頭	劉靜娟	95	大地文學
01010300	考驗	於梨華	165	大地文學
01010310	心底有根弦	劉靜娟	90	大地文學
01010400	台灣本地作家小說選	劉紹銘編	110	大地文學
01010470	夢迴重慶	吳　癡	130	大地文學
01010490	異鄉之死	季　季	100	大地文學
01010500	故鄉與童年	梅　遜	90	大地文學
01010520	當代女作家選集	姚宜瑛	80	大地文學
01010540	域外郵稿	何懷碩	90	大地文學
01010640	驀然回首	丘秀芷	90	大地文學
01010650	敻虹詩集	敻　虹	160	大地文學
01010660	天涯有知音	張天心	85	大地文學
01010710	林居筆話	思　果	95	大地文學
01010720	蘇打水集	水　晶	90	大地文學
01010730	藝術、文學、人生	何懷碩	140	大地文學
01010790	眼眸深處	劉靜娟	85	大地文學
01010810	香港之秋	思　果	150	大地文學
01010820	快樂的成長	枳　園	110	大地文學
01010830	我看美國佬	麥　高	95	大地文學
01010910	你還沒有愛過	張曉風	120	大地文學
01010930	這樣好的星期天	康芸薇	85	大地文學
01010970	談貓廬	侯榕生	85	大地文學

大地圖書目錄　(二)				
編號	書　名	作者	定價	圖書分類
01010990	五陵少年	余光中	120	大地文學
01011010	七里香	席慕蓉	130	大地文學
01011020	明天的陽光	姚宜瑛	140	大地文學
01011050	大地之歌	張曉風	100	大地文學
01011070	成長的喜悅	趙文藝	80	大地文學
01011090	河漢集	思　果	85	大地文學
01011140	眾神	陳　煌	100	大地文學
01011170	有情世界	薇薇夫人	85	大地文學
01011190	松花江畔	田　原	250	大地文學
01011200	紅珊瑚	夐　虹	85	大地文學
01011210	無怨的青春	席慕蓉	150	大地文學
01011260	我的母親	鐘麗慧	110	大地文學
01011300	快樂的人生	黃　驤	150	大地文學
01011310	剪韭集	思　果	95	大地文學
01011320	我們曾經走過	林雙不	120	大地文學
01011330	情懷	曹又方	120	大地文學
01011340	愛之窩	陳佩璇	90	大地文學
01011380	我的父親	鐘麗慧編	150	大地文學
01011390	作客紐約	顧炳星	160	大地文學
01011420	春花與春樹	畢　璞	130	大地文學
01011440	鐵樹	田　原	170	大地文學
01011450	綠意與新芽	邵　僩	120	大地文學
01011470	火車乘著天涯來	馬叔禮	95	大地文學
01011480	歲月	向　陽	75	大地文學
01011490	吾鄉素描	羊　牧	100	大地文學
01011510	三看美國佬	麥　高	100	大地文學
01011520	女性的智慧	吳娟瑜	125	大地文學
01011530	一個女人的成長	薇薇夫人	85	大地文學
01011570	綴網集	艾　雯	80	大地文學
01011580	兩代	姜　穆	120	大地文學
01011610	一江春水	沈迪華	130	大地文學
01011640	這一站不到的神話	蓉　子	100	大地文學
01011650	童年雜憶—吃馬鈴薯的日子	劉紹銘	100	大地文學
01011660	屠殺蝴蝶	鄭寶娟	100	大地文學

大地圖書目錄　　(三)				
編號	書　　名	作　者	定價	圖書分類
01011680	五四廣場	金　兆	100	大地文學
01011700	大地之戀	田　原	180	大地文學
01011710	十二金釵	康芸薇	100	大地文學
01011720	歸去來	魏惟儀	150	大地文學
01011760	一個女人的成長(續集)	薇薇夫人	90	大地文學
01011770	一步也不讓	馬以工	120	大地文學
01011780	芬芳的海	鍾　玲	110	大地文學
01011790	故都故事	劉　枋	110	大地文學
01011840	煙	姚宜瑛	110	大地文學
01011850	寄情	趙　雲	90	大地文學
01011860	面對赤子	亦　耕	120	大地文學
01011870	白雪青山	墨　人	250	大地文學
01011970	清福三年	侯　楨	120	大地文學
01011980	情絮	子　詩	120	大地文學
01012000	愛結	敻　虹	100	大地文學
01012010	雁行悲歌	張天心	125	大地文學
01012020	春來	姚宜瑛	160	大地文學
01012030	綠衣人	李　潼	160	大地文學
01012040	恐龍星座	李　潼	170	大地文學
01012050	想入非非	思　果	150	大地文學
01012080	神秘的女人	子　詩	110	大地文學
01012100	人生有歌	鍾麗珠	150	大地文學
01012110	樹哥哥與花妹妹(上)	林少雯	250	大地文學
01012120	樹哥哥與花妹妹(下)	林少雯	250	大地文學
01012180	張愛玲與賴雅	司馬新	280	大地文學
01012200	張愛玲未完	水　晶	170	大地文學
01012220	初挈海上花	陳永健	170	大地文學
01012230	條條大道通人生	謝鵬雄	160	大地文學
01012240	觀音菩薩摩訶薩	敻　虹	160	大地文學
01012250	宗教的教育價值	陳迺臣	120	大地文學
01012260	破巖詩詞	晞　弘	130	大地文學
01012270	孫中山與第三國際	周　谷	280	大地文學
01012310	枇杷的消息	張　錯	160	大地文學

大地圖書目錄　　(四)				
電腦編號	書　　名	作　者	定　價	圖書分類
01040001	老古董	唐魯孫	200	生活美學
01040002	酸甜苦辣鹹	唐魯孫	220	生活美學
01040003	大雜燴	唐魯孫	200	生活美學
01040004	南北看	唐魯孫	200	生活美學
01040005	中國吃	唐魯孫	200	生活美學
01040006	什錦拼盤	唐魯孫	200	生活美學
01040007	說東道西	唐魯孫	220	生活美學
01040008	天下味	唐魯孫	220	生活美學
01040009	老鄉親	唐魯孫	200	生活美學
01040010	故園情(上)	唐魯孫	180	生活美學
01040011	故園情(下)	唐魯孫	180	生活美學
01040012	唐魯孫談吃	唐魯孫	180	生活美學
01040015	京都八年	姚巧梅	180	生活美學
01010320	吃的藝術	劉　枋	90	生活美學
01011400	穿越大峽谷	梁丹丰	100	生活美學
01011410	南亞牛鈴響	程榕寧	160	生活美學
01011430	我的公公麒麟童	黃敏楨	120	生活美學
01011460	流行歌曲滄桑記	水　晶	150	生活美學
01011500	章遏雲自傳	章遏雲	90	生活美學
01011560	金鷹行	梁丹丰	120	生活美學
01011600	時代的臉	謝春德	360	生活美學
01011910	國劇名伶軼事	丁秉鐩	120	生活美學
01011920	孟小冬與言高譚馬	丁秉鐩	130	生活美學
01011930	青衣、花臉、小丑	丁秉鐩	110	生活美學
01011950	紅樓夢飲食譜	秦一民	180	生活美學
01011990	喫遍天下	趙繼康	130	生活美學
01012070	書趣	奚椿年	180	生活美學
01012150	畫外音(上)	吳冠中	250	生活美學
01012160	畫外音(下)	吳冠中	250	生活美學
01012190	賞鳥!春天去	馮菊枝	150	生活美學
01012210	快樂走天下	馮菊枝	150	生活美學

大地圖書目錄　　(五)				
電腦編號	書　　名	作　者	定　價	圖書分類
01050001	同情的罪	褚威格	200	大地譯叢
01050002	毛姆小說選	毛　姆	180	大地譯叢
01050003	一切的峰頂	沉　櫻	180	大地譯叢
01050004	金閣寺	鍾肇政	230	大地譯叢
01010060	斑衣吹笛人	吳奚真	65	大地譯叢
01010080	芥川獎作品選集(1)	劉慕沙譯	115	大地譯叢
01010280	聖女之歌	張秀亞譯	185	大地譯叢
01010420	飄蕩的晚霞	李牧華譯	70	大地譯叢
01010440	微笑	李牧華譯	70	大地譯叢
01010510	玉人何處	崔文瑜譯	145	大地譯叢
01010590	梵谷傳(上)	余光中譯	160	大地譯叢
01010591	梵谷傳(下)	余光中譯	160	大地譯叢
01010600	科西嘉的復仇	劉光能譯	70	大地譯叢
01010610	英文散文集錦	吳奚真譯	150	大地譯叢
01010760	莫斯科的寒夜	夏濟安譯	165	大地譯叢
01010800	林肯外傳	張心漪	110	大地譯叢
01010860	一位陌生女子的來信	沈　櫻	130	大地譯叢
01010900	女性三部曲	沈　櫻	130	大地譯叢
01010960	迷惑	沈　櫻	75	大地譯叢
01011030	殘百合	張心漪	65	大地譯叢
01011270	不可兒戲	余光中	120	大地譯叢
01011620	變色蝶	嶺　月	175	大地譯叢
01011670	織工馬南傳	梁實秋	120	大地譯叢
01011750	白夜	嶺　月	120	大地譯叢
01011880	嘉德橋市長	吳奚真	270	大地譯叢
01011940	儷人行	劉慕沙	150	大地譯叢
01012060	溫夫人的扇子	余光中	130	大地譯叢
01012170	理想丈夫	余光中	150	大地譯叢
01012280	莎岡小說選(1)	李牧華譯	180	大地譯叢
01012290	莎岡小說選(2)	李牧華譯	160	大地譯叢

國家圖書館出版品預行編目資料

閒話愛情：說愛十九帖 / 殷登國著. -- 一版.
-- 臺北市：大地, 2000〔民89〕
面；　公分.--(生活美學；16)

ISBN 957-8290-23-3 (平裝).

855　　89012901

閒話愛情

生活美學 16

作　　者：殷登國
創 辦 人：姚宜瑛
發 行 人：吳錫清
主　　編：陳玟玟
封面設計：曾堯生
法律顧問：余淑杏律師
出 版 者：大地出版社
台北市內湖區環山路三段二十六號一樓
劃撥帳號：〇〇一九二五二一－九
戶　　名：大地出版社
電　　話：(〇二)二六二七七七四九
傳　　真：(〇二)二六二七〇八九五
印 刷 者：久裕印刷事業股份有限公司
一版一刷：二〇〇〇年九月
定　　價：一八〇元

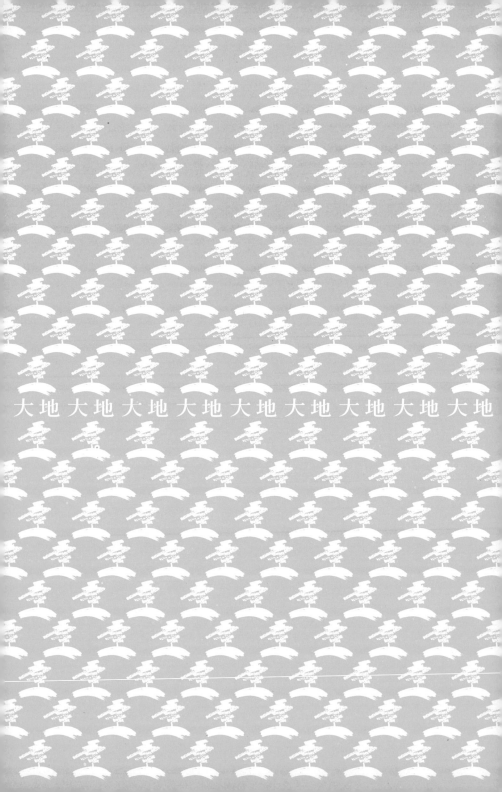